死神ブログ

窪依 凛
Kuboi Rin

文芸社文庫

十月三日、彼は死んだ。

ブログ作成

ジリリリリリリリリッ。

自室に、朝を知らせる目覚まし時計のベルが鳴り響いた。

僕はベッドから起き上がるわけでもなく、膝を抱え込んだ体勢を崩し、ベルを止めた。

ここ数ヶ月、僕は眠りという眠りに就けていない。

眠りの世界に入って、現実を忘れたいのに、真夜中から朝方まで、僕の携帯はひっきりなしにメールの着信音が鳴る。携帯のディスプレイには、『キモイんだよ!』『学校来るな!』『死ね』など、僕を不幸のどん底に突き落とすメッセージが表示される。

過酷な日々に、せめて夢の中へ逃避したいと、携帯をマナーモードにしてみても、いつ、またメッセージが送られてくるかと思うと、眠ろうとしても眠りに就くことができない。

電源を切っても同じだ。

朝電源を入れたときに、一気に舞い込むメールを思うと、吐き気を催すのは確実だ。

重たい体を無理矢理起こし、ベッドから這い出ようとするとまた、携帯がメールの着信を知らせた。重い体はさらに重くなる。僕は携帯を手にし、メール・ボックスを開いた。

『氏んでしまっている方は、すみやかに墓の中に入ってください』

誰から送られてきているかも分からないそのメッセージを読み、僕は訳もなくうつむくと、そのまま携帯の電源を切った。たとえこのメールを送った犯人が分かろうとも、僕には何もできない。

何も変わらない。

何も変えることなどできない。

あの日、契約を交わしてしまっていたから……。

夢遊病者のようにベッドから抜け出した僕は、パソコンの電源を入れた。

ウィーンと静かに産声を上げるパソコンを睨みつけながら、起動したパソコンを前にカーソルを動かし、ブックマークされているページを開いた。

パソコンの画面が一気に黒一色に変わる。ページをクリックし、昨晩書き込まれた文章を読む。

黒い画面に、血のような赤が流れ込み、僕を震えさせる。

『英秀高等学校　二年B組　真田悠哉　殺人事件会場』

真っ赤な文字がデカデカと、まるで本のタイトルのように浮かび上がっている。そのタイトルに誘い込まれ、楽しげに雑談を繰り返している。

「一、二、三、四、五、六、七……」

名無しやハンドル・ネームを使い、僕を〝殺して〟楽しむ文章が今日は何件なのか数え、その内容を読むことから僕の朝は始まる。

『名無し＝っつ〜かぁ〜、アイツ、体育のとき、更衣室入ってくんじゃん？　マジ、くっせ〜んだよ。どうにかしろよ。あの死臭（爆）』

いつも名無しで書き込んでいる誰かが、一番初めに仲間に訴えていた。名無しに誘惑され、連鎖するように十五名が書き込みをしていた。

『ナッツ＝だって、死んでるんだもん。三ヶ月も前に（爆）』

『カンカン＝そうそう、ナツキが殺したよな？　ボコッたあとに、ダンボールに詰めて校庭の桜の木の下に埋めたべ（笑）』

『あっ子＝いや、三日前にも殺されてるし。確か、理科準備室に置かれてる硫酸飲まされて、死んでるじゃん（爆）』

『太陽＝まだまだあっついからね。三日もたてば腐り始めちゃってるんじゃん？（超爆）』

『ナッツ＝腐ってんのに動いてる亡霊くんだからさ。臭くて当然（笑）』

『ミック＝ウジ虫湧いちゃってるんじゃん？　キッモー！（笑）』

『あっ子＝っていうか、同じ空気吸いたくないんだけど！』

『太陽＝んじゃ、動かないでくれるように、またいっちょ、殺しちまお〜ぜぃ（笑）』

『名無し＝よし、いきますかぁ』

名無しの号令で、誰が誰だか分からない者たちが、僕を殺して楽しんでいた。

どうやら僕は昨夜、教室の隅に置かれている掃除用具のロッカーの中に入れられ、外からガムテープでグルグル巻きにされ窒息死したそうだ。僕を殴り倒すのは嫌らしい。ウジ虫が湧いてて汚いから。

だから、ロッカーの中に入れて、ガムテープでグルグル巻きにしたロッカーを皆で蹴っ飛ばして亡霊退治をしたらしい。

臭い臭いと書き込まれてから、僕は異常なほどに風呂に入る日々を送った。だけど、一日七、八回風呂に入り、ひどいときは十数回風呂に入っても、念入りに体と頭を洗っても、毎回臭いという言葉が書き込まれ続けている。僕自身の体から臭いが出ているのではなく、皆がいう僕の悪臭は、とうに僕が死んでいて、僕の体が腐ってしまっているための死臭だと言いたいらしい。僕の存在自体が悪いらしい。

学校裏サイトでできた、僕が主役のこのスレッドは、毎朝僕を死にたくさせる。見なきゃいいのにって自分でも思うけど、見ないわけにはいかないんだ。これを見ることで、今日のイジメがどれだけのレベルか予想することができるから。予想することで、僕は心の準備をしなくてはならないから。だから、このスレッドは、僕にとっては未来日記。皆にとってはエンターテイメントの場であっても、僕にとっては、大事な未来日記。

「この程度なら、一昨日よりはマシだよ……」

途中で読むのを止め、誰に聞かせるわけでもないのに、独りつぶやいて苦笑した。

一昨日は日曜日ということもあって、朝から晩まで三十人以上の参加者が、僕をあれこれ誹謗中傷しながらもそれを喜び、そして僕は殺されていた。朝から晩まで、次々と訪れてくる参加者に、僕は殺され続けていた。自分がネットの中で殺されていくたび、僕は僕自身を人間とは思えなくなって、何度も何度も深呼吸を繰り返し、無意識に流れ落ちる涙を必死に拭っていた。

僕をどう殺すかで盛り上がった三十人以上の参加者は、ネットの中だけでは満足できなかったようで、どこから入手したのか分からない男のヌード写真の顔だけ、僕にしたものが、全校生徒が目撃できるように、一年の廊下から三年の廊下まで、学校全体に貼られていた。

「きゃ～」とか、「やだ～」とか、「キモイ～」とか言いながら、知らない女子までも僕を笑っていた。中には、同情だけの眼差しを向ける者もいた。明らかに、目が、僕を〝可哀想〟と言っていた。その眼差しほど、自分を見失いそうになり、辛いものはない。いっそ、大声で笑われたほうがまだマシだった。僕にとって、学校中の人物全てが、敵に見えた。

悪魔に……見えた。

その悪魔の笑い声と眼差しを全身で感じながら、僕はその写真を自分だけではがしていた。

全部をはがし終えたあと、知らない上級生に、「包茎手術受けろよ〜！」と叫ばれたが、僕は何も言わないし、何も見ない。だって、この〝墓場〟とも呼べる学校では、僕は亡霊なのだから。亡霊が口ごたえなんて、許されないことだと知っている。だから、僕は猿になる。

見ない・しゃべらない・聞かない……。

お日様の中で何百年もそうして耐えているあの三匹の猿に、僕は尊敬の念を覚える。

パソコンから視線を逸らし、ハンガーにかけられた制服を手に取り、着替えを始める。

「見ざる・言わざる・聞かざる……見ざる・言わざる・聞かざる……見ざる・言わざる・聞かざる……」

制服を着終えるまで、僕は呪文を繰り返す。亡霊になるための呪文を。リスペクトしている、日光のあの猿たちを思い浮かべながら、何度も何度も、亡霊になれるまで呪文を繰り返す。

口元はなぜかいつも笑う。なんでだろう？　自分が殺されているのに。何度も何度も殺されているのに。数え切れないほどの嫌がらせに耐えながら、これから地獄に向かうというのに。

「人間、窮地に立たされると笑うんだよ」

孤独につぶやきながら、僕は制服の最後のボタンを止めた。

「亡霊、完成」

僕が僕だけに呪文をかけたと同時に、部屋にノックの音が響いた。

「悠哉～、起きてるの？　早くしないと遅刻よ！」

ドアの向こうから母が大声で言った。

「起きてる。今行く」

短い返答だけして、僕は目をつぶった。未来日記を頭の中で思い描きながら。

「早く下りてきなさいよ！」

起きていると言っているのに、母はドアを数回叩き、僕に言った。

そんなに大声を出さなくとも聞こえるのに。

毎朝思うが、別に口にしようとは思わない。ただ、その朝っぱらから出せるエネルギーを、この僕にもほんの少し分けてくれよって、そう思うだけ。

机の上に無造作に置かれたカバンを手にし、僕は安らぎの空間と危険な外界を隔てるドアを開けようと、ドアノブに手をかけた。回して押せば、ドアは開く。分かっているのに、なかなかそれができない。そんな簡単な動作もできないんだから、赤ん坊に退行しているようで、自分を嫌いになる。毎朝毎朝、僕はどんどんどん、自分を嫌いになる。

回して、押すだけだって。

頭の中の冷静な部分が僕にそう教えているのに、ドアノブを握っている僕の手は震えてしまっていて、その動作になかなか踏み出せない。

「いい加減にしなさい！　学校遅刻するじゃないの！」

弱き僕の代わりに、母が激怒しながらドアを開けた。ドアの前で呆然と立ち尽くしている僕を見て、母は眉間にシワを寄せ、ため息を吐いた。

地獄の始まりだ。

心がつぶやいていた。

「もぉ！　毎日ボーッとしちゃってこの子は！ったく、早く下りてきてご飯食べちゃいなさいよ！　母さん、今日忙しいんだからね！　片付かないじゃない！」

忙しい？　近所のばばぁどもと結成したママさんバレーだろ？

呆れと絶望の眼差しで母を見た。

「何？　起きた？　ホラ、シャンとして！　ご飯食べて学校行く！」

母が僕の両肩をバチンと勢いよく叩いた。眠くてボォ～ッとしているようにしか見えないらしい。僕は、本当にこの人の息子なのだろうか？

毎朝抱く疑問が頭を過ぎるが、僕は何も言わず階段を下りる。きっと、この人の腹の中から出てきて、一人の人間として独立した僕の思いなど、もう、どうせ伝わらないのだから、疑問に思い考えるだけ時間と労力の無駄でしかない。だったら、何も考えずに、ボーッとした子を演じ、味もない固形物を噛み砕き飲み込み、墓場まで向かうことに能力と体力を使いたい。

「食べた？　食べたらほら、カバン持って！」

母が僕にカバンを押し付け、無理矢理立たせた。

「もぉ～！　ったく、誰に似たんだろう。毎朝毎朝ボーッとしちゃって、この子は……」

世話が焼けると何度もつぶやきながら、母が僕を玄関まで誘導した。

「お願いだから、いい加減自分で起きてちゃんと学校行ってよねぇ。もう、子供じゃないんだから。夜中にゲームでもしてるんでしょう？　今度お父さんが帰ってきたら、ちゃんと叱ってもらわなきゃ！」

父が単身赴任してからというもの、母は毎日イラついた感情を僕にぶつける。単身赴任という名の浮気であることに、気づいているからなのかもしれない。だけど、僕は父ではない。父に対しての感情や欲望を僕に投影するのは筋違いだ。だが、そんなことを言っても、この人は変わらない。だって、僕をまるで自分の所有物のように思ってしまっているのだから。だったら、触らぬ神になんとやらだ。

靴を履き終えるまで、母が背後で小言を言い続ける。これももう日課になってしまっている。

「はい、お弁当！　はい、行ってらっしゃい！」

母が、僕の代わりにドアを開けた。大嫌いな明るい光が、僕に襲い掛かる。

僕は少しでも長くこの場にいられるように、弁当をしまう動作をゆっくりゆっくり時間稼ぎに使う。

「あ～！　もう！　いつまでも、チンタラしない！　ホラ、早く行ってらっしゃい！」

僕の代わりに弁当をカバンにしまい込んだ母に、絶望にも似たため息を吐く。どうせ分かってもらえないんだよ、と諦めにも似た声を出す。

「行ってきますは？」

まるで幼児にものを教えるように、母が言った。

「行ってきます」

聞こえているかどうか微妙な声で、僕は家を出た。

「車に気をつけなさいよ〜！」

近所中に聞こえるんじゃないかと思うほど大きな声で、母が僕に言った。「もう、子供じゃないんだから」と言いながら、一番僕を子供扱いしているのが自分だということに、この人は気づいていない。

母の声を無視し、僕は右足左足を交互に前へ出しながら、一歩一歩恐怖の道を歩き始める。大嫌いな光は、日陰を探して歩く僕をすぐに捕まえる。全身を包むこの光さえも、僕をあざ笑っているようだ。

日陰を探しながら歩いても、わずか十五分ほどで墓場にたどり着いてしまった。

校門をくぐるのが怖くて、僕はいつもその前で立ち止まり、深呼吸を繰り返す。

……一分経過。

生きていていい人たちだけが、何の躊躇（ためらい）もなしに校門をくぐっていく。笑いながら、楽しそうに。「おはよう」と言い合いながら、それはもう、本当に楽しそうに……。

「どけよ！　邪魔」

肩がぶつかったと同時に、知らない上級生が僕を睨みつけながら校門をくぐっていった。腕時計を見る。知らぬ間に十分以上、僕はその場に立ち尽くしていたらしい。

もう、そんなに？

そんなことに啞然としている僕の耳に、予鈴が響いた。学校という名の地獄では、一分が何十時間にも感じられるのに、亡霊を演じなければならないことに逃避したいと佇んでいる時間は、どうしてこんなにも早く過ぎてしまうのだろう。

「行くしかないんだから」

独りでつぶやいている僕を、知らない下級生の女の子が、眉間にシワを寄せて見ていた。顔中が熱くなる。

亡霊が顔を赤らめるなんて、奴らにしてみれば、きっとルール違反なんだろうな……。

深いため息を吐いて、僕は校門をくぐった。一歩踏み出すたび、校内が近づく。僕の鼓動は、戦慄と緊迫感で、校内に入った瞬間心臓が止まるのではないだろうかと思うほど速くなり、全身には脂汗が流れる。

いっそ、止まってしまえばいい。こんな人生を送り続けなければならないのなら、楽になれるのならば、いっそ止まってしまえばいい。だけど、僕の心臓は確かに動いていて、僕は、生きている。

「うわっ！　なんか臭せぇ～」

下駄箱から上履きを取り出そうとしていた僕の背後を、鼻を摘まみながら、クラスメイトの金本信也が素通りしていった。その声に、僕は再び絶望感に苛まれる。もう、毎日と言っていいほど繰り返されている行為なのに、なんで慣れることができないのだろう？　そんな考えても答えの出ない疑問を抱えながら、上履きに履き替えることに躊躇（ちゅうちょ）している僕の隣に、山木ミウがやってきた。

「あ……」

山木が、大きな瞳で僕を見て、ただ一言つぶやいた。僕は山木が次に何も言わないように、急いで上履きに履き替えた。

「真田くん、あの……」

それ以上何も言うな！

山木を睨みつけている僕がいた。そんな僕に、山木は悲しそうに涙目でうつむく。

「あ！　山木ちゃ～ん。おっはよ～♪　会いたかったよぉ～ん」

どこから声が出ているのか不思議に思えるほどに、岡田将武が猫なで声を出し、山木に向かい言った。どう見ても平凡、いや、お世辞にも〝美形〟とは言えない顔立ちだが、今風の緩やかなウェーブの長髪でなんとか自分を美化しているのか、本当に自分を美形なイケメンとでも思い込んでしまっているのだろうか。学年一の美少女と噂される山木にもこんなにも軽々しく声をかけてしまえる岡田に、自分でも驚くほどの不快感が湧き出て、僕は拳を強く握っていた。

できることならば、今すぐコイツを殴り倒したい。だけど、それは許されない。僕が亡霊だからじゃない。あの日のあの契約を破ることになるから。

「あ、お、おはよう」

　正直不気味としか言えない岡田の猫なで声に、山木が愛想笑いとも苦笑いとも取れる微妙な笑みで、岡田に挨拶を返した。一瞬さっと目を合わせただけで、それ以降絶対に目を合わせないようにうつむいている山木を、僕は今、助けることさえできない。だって、助けてしまえば……。

「ねぇねぇ、なんか、臭くない？」

　岡田が僕を見ながら言った。

「え？」

　うつむいていた山木は顔を上げ、岡田に聞き返した。

「いや、なんかさぁ〜、さっきから、ものすげぇこのへん臭っせぇんだよね。なんか腐ったもんでもあんのかな〜？」

　岡田がわざとらしく、右手で何かを探すポーズで山木に言った。

「えっと……」

　岡田の問いになんと言えばいいのか分からないという表情で、困惑しながら山木は再びうつむいた。

「どうもあのへんから臭うんだよねぇ」

　岡田が僕の方向を指差し言った。

「鼻もげそうったらありゃしない。超迷惑」

そう言うと岡田はカバンの中から消臭スプレーを取り出し、僕に向かって思いっきりスプレーをまいた。

「あ～まだ臭う！　ね？」

岡田が山木に同意を求めた。山木は戸惑いながら僕を見て、うつむき、岡田の望む同意をせず、ただ黙っていた。

「ね？　臭いよね？　ね？」

同意をしない山木に、岡田がしつこく繰り返し聞いた。

「あ、えっと……。私、あの……」

山木は僕のほうをチラチラ見ながら、モジモジと手を動かした。大きな澄んだ瞳からは、もはや涙が流れ落ちそうになっていた。

「あ、山木ちゃん、もしかして鼻悪い？　なら、今度うちの病院おいでよ！　病院の中、案内するからさ♪　デートデート♪」

岡田が山木の肩に手を回した。

「あっ……」

思わず出てしまった声に、自分でヤバイと思い、僕はとっさに手で口元を隠した。

「あ～！　ったく。まだいるのかね～。亡霊がさ」

岡田が僕を睨みつけながら、山木に言った。

「今夜にでもまた、誰か亡霊退治してくれないかなぁ～」

「亡霊退治？」

山木がキョトンとした顔で岡田に聞き返した。

「え？　知らない？　山木ちゃん、ネットとか見てないの？」

びっくり仰天といった表情で、岡田が言った。

「あ、えっと……。ご、ごめんなさい。私、パソコン全然分からなくて……」

山木が再び涙目になり、何度も僕に視線を送った。その意味を分かっているのに、僕は見て見ぬフリをした。山木が僕に助けを求めているのが分かっていながらも、僕は何もせずに、何も言わずに、山木のSOSを無視した。

「マジで～？　んじゃ、今度ウチに遊びおいでよ！　俺、パソコン超得意だからさ！なんでもできるよ。教えてやるから！　な？」

岡田が、回した手をグイッと自分のほうに力ずくで引き寄せた。山木は首をしめられた子猫のように、恐怖の入り交じった苦しそうな目をしていた。

「えっと、私、お父さまから……」

♪キーンコーンカーンコーン……。

山木が何か言いかけたと同時に、本鈴が鳴り響いた。

「やっべ！　急ごう！」

　岡田が、山木の手を無理矢理握り締めながら、教室に向かい走っていった。山木が僕に助けを求めるような眼差しを見せたけど、僕は何もできないまま、山木が連れ去られるのをただ傍観していた。

「な…に……やってんだよ！」

　下駄箱に頭をぶつける音だけがその場に響いた。流してはいけない涙が、悔しさのあまり頬を伝っていた。ルール違反だと分かっていても、涙は止まってはくれなかった。

　愛した女一人も守りきれないなんて。

　絶望感なんて言葉じゃ足りないくらいの、重苦しい鎖に、心がガンジガラメにされるのが分かった。視界がぼやけ、暗くなる。涙が頬を伝う感触だけをなんとか感じながら、僕は教室に向かった。

　教室が近づくたび、心拍が暴れだす。逃げ出せるものならば、今すぐ逃げ出したい。だけど、逃げるわけにはいかなかった。

　僕は、あの日、決して破れない契約をしてしまったのだから。

　涙を拭い、深呼吸をしてから、教室の扉を開けた。

「また遅刻か！　いい加減にしろよ！　お前、学校なめてんのか？　あ？　それとも、俺をなめてんのか！」

　教室に入ると同時に、担任の井上が大声で僕に怒声を浴びせた。熊のようにデカイ図体にぶ厚い唇。その上に生えている髭は存在自体が迫力があり過ぎる。細い一重の目が僕を睨みつけているだけで、僕は情けないことに怯えを感じる。

「……すみません」

　鷲掴みされているような胃の痛みに耐えながら、一言言った。

「あ？　聞こえないんだよ！　もっとはっきりしゃべれないのか！　それとも、自分は悪くないとでも思ってるのか！　その場しのぎで謝っても、そんなのは謝罪でも反省でもないんだよ！ったく、教師をなめやがって！」

　扉の前で立ち尽くしたままの僕に、井上がさらなる怒声を浴びせた。ただ怒鳴られているだけなのに、僕の足は情けなく震えていた。全員が敵と言っても過言ではないこの場にいるのさえ、僕にとっては最大の勇気を出しているのに、井上の怒鳴り声が加わり、僕は今にもクラスメイト全員の前で涙を零しそうになっていた。

「いつまで突っ立ってんだ！　早く着席しろ！」

　井上が、さらなる大声で僕に言った。

「先生～、誰と話してるの？」

　笑いながら、クラスメイトの金本信也が井上に言った。

「あ？」

「だって、誰もいないのに、なんか怒鳴ってるから～」

「あぁ？」

「もうクラスメイト全員、とっくに着席してるじゃん？」

金本がニヤッと笑い、井上に言った。

「なぁ？」

金本がクラスメイトに同意を求めた。女子から人気のある金本は、その恵まれた容貌により権力までも持ち合わせている。

「座ってるよね～」

「うん。全員いる」

「先生、誰とお話してるのぉ？」

金本ファンの女子が、甲高い声で言いながら、金本に向かって笑いかけた。金本はそんな女子一人ひとりに微笑んで見せた。微笑み返された女子が、嬉しそうにはにかむ。

「あぁ～」

状況を察したように、井上が言い、そして笑った。笑い声を上げなくとも、井上が笑った。口元に浮かんだ笑み。それは僕にとって、大声で笑い転げているのと一緒の行為。

　井上が、笑った……。

「先生、霊感あるの～？」

　楽しそうに山井徹が言った。

「霊感？」

　井上が聞き返した。

「だって、そこに誰もいないし、クラス全員もうとっくに着席してるじゃん。な？金ちゃん」

　金本に群がる女子と交わりたいために、山井が金本に言った。金本はフッと笑った。

　井上はクラスメイト全員を見渡したあと、僕を凝視していた。

　先生、助けて。

　僕は心の中で叫んだ。

　初めて担任の井上が、僕がこのクラスの中でどんな扱いをされているのかを知ったのだ。助けてくれるはずだ。だって、井上は、まがりなりにも教師なのだから……。

「よく分からねぇけど、疲れてんのかな～？」

　井上が、目を擦って僕を見た。井上の口元には、かすかに、でも確かに、笑みが浮かんでいた。

「っていうかさぁ、マジなんか、いきなり臭くなったと思わねぇ？」

　金本がクラスメイト全員に言った。

「臭い臭い。あっちから悪臭がする！」

　岡田が笑いながら、僕のほうを指差した。

「あ～、臭い！　消臭スプレーかけるべ！」

　岡田が、さっきカバンにしまった消臭スプレーを取り出し、僕に向かってかけた。

「あ！　俺も持ってる！」

　山井がカバンから消臭スプレーを取り出した。連鎖するように、クスクスという笑い声とともに、一人を除いたクラスメイト全員が、香水や消臭スプレーを出した。そして、僕目掛けて一斉に噴射した。

「お前ら、色んな臭い混ざってよけい臭せぇよ」

　井上が出席簿をうちわ代わりに振り、苦笑いをした。

「もういいよ！　時間もったいないから、早く始めてよ、ホーム・ルーム」

　面倒くさそうに、学級委員の小金井満が言った。しかし、その手にはしっかりと消臭スプレーが握られている。それを持つことが、クラス内のルールのようだ。

「おう。んじゃ、全員着席してることだし、ホーム・ルーム始めるぞ～」

　全員？

　僕は相変わらずその場に固まったまま立ち尽くしていた。だが、井上が出席簿を手にした。そして、出席を取り始めた。心臓が、痛くなるほどに暴れていた。

「浅井～」

「はい」

「上田～」

「はい」

「岡田～」

「はぁ～い」

　お願い。それだけは、もう、これ以上は！

　心臓は、このままだと止まってしまうのではないかと思うほど暴れ回り、僕は痛みに耐えながら自分の番を待っていた。

　先生！　僕、ここにいるよ！　先生！

「小高～」

「はい」

　最後の救いなんだ！　僕をこれ以上苦しめないで！

　心臓の痛みに体が耐え切れなかったのか、僕の体は知らないうちに震えていた。

「佐々木～」

「はぁ～い」

先生！　最後の希望を消さないで！　先生！　お願いだから！　僕の名を呼んで！

「鈴木～」

「はい」

僕はこの学校のゴミとなった。

クラス中に、クスクスという悪魔の囁きが木霊していた。

「渡辺～」

「はい」

「よ～し、全員、いるな？」

「いま～す」

僕の名だけを呼ばず、出席簿を置いた井上に、岡田が楽しそうに答えていた。

目の前が真っ暗だった。

「以上、ホーム・ルーム、終わり」

井上がそう告げた。

「次は数学だからな～。竹井先生が来る前に、授業の用意しておけよ～」

井上はそう言うと、セメントで足を固定されたように動けないままでいる僕の横を避けるようにして教室を出ていった。

さよなら。

もう、何も見えない。何も聞こえない。何も……話せない。

教師までもが、僕をいらないと言うのか？

居場所を完全に失った瞬間、心の中でつぶやいた。

ここ数ヶ月、地獄だった。

上履きに刺し込まれた画鋲。切り裂かれた体育着……。

それでも、いつか先生が救ってくれると思っていた。これだけの嫌がらせを、教師が気づかないわけはないと。気づいてもらえたとき、何かしらの解決方法が見出されると信じていた。でも、それは僕の希望でしかなく、現実はこのとおりでしかなかった。僕はただのゴミなんだから。

最後の希望さえも失った僕は、少しでも早くここから立ち去りたかった。自分の机まで行き、机の中に入れっぱなしの教科書を持ち帰ろうと中に手を入れた瞬間、グチャッという感触が手に広がった。恐る恐るその物体を引っ張り出したと同時に、僕は悲鳴を上げていた。引っ張り出した僕の手には、首を切られ血まみれになった兎（うさぎ）の死体が握られていた。

「うわ！　うわ！　うわぁぁぁあああああああ！」

あまりの恐怖に腰を抜かし、悲鳴を上げ続ける僕を、クラス中が笑っていた。笑い声に包まれながら、僕は悲鳴を上げ続けていた。

首を切り裂かれ、目玉の飛び出した兎の死体に震えあがって、僕は這いずるように自分の席から遠ざかった。僕のせいで、なんの罪もない小動物が、僕のせいで、僕に嫌がらせをしたいがために、命を落とした。もう、終わりだと思った。終わらなきゃいけないと思った。

もう、終わりにしよう。僕は、生きていてはいけない。

僕は手に握った兎の死体を手放し、カバンを手に扉に向かった。手に、ワイシャツの袖口に、罪なき命の血がべっとりと付いていた。

「♪殺ぉ〜ろした。殺ぉ〜ろした。死神が殺ぉ〜ろした」

顔面蒼白になりながら震えている僕の背後で、岡田と金本がゲラゲラ笑いながら楽しげに歌っていた。

「最っ低〜！　アイツなんなの？」

女子の罵声が耳に入って、録音されたように僕の耳の中でリピートされていた。

僕は震えたまま、何も言わずに回れ右をして、教室から離れた。生臭い血の匂いに支配されながら、下駄箱に向かい猛ダッシュしながら、何度も何度も言っていた。

さよなら。

さよなら。

さよなら。

下駄箱からローファーを取り出し、履き替えた。校門まで再び猛ダッシュし、校門をくぐる前にもう一度学校を振り返った。

だけど、もう僕には、学校は墓場にしか見えなかった。幻でも見ているかのように、そのとき僕は、本当に墓場を見ていた。

「ごめんな」

惨殺された兎の死体を思い浮かべ、手に付いた真っ赤な血を見ながら、つぶやいた。

「僕がいなかったら、生きていられたのにな」

いくら謝罪しても、もう、あの兎は生き返らない。だけど、謝らずにはいられなかった。

「お前、なんにも、少しも悪くないのに。僕が生きているせいで、ごめんな。ごめん。ごめんな」

どうして僕を苦しめたいがために、罪なき弱き生き物の命を絶つことができるのか。なぜ笑うことができるのか。僕にはもう、何も分からない。

人間って生き物が、もう分からなかった。

自分の両手を眺めていた僕は、顔を上げ、学校を見た。

「さようなら」

独りつぶやいた。

どうやって自宅まで帰ったのか、何も思い出せない空白の時間を挟み、我に返ったときにはもう、自宅の前に佇んでいた。

母さんは、ママさんバレーだよな。

母がいない日でよかったと思った。もう、今は誰にも会いたくない。誰とも話したくない。誰の声も聞きたくない。僕はあの猿になった。

ポケットから鍵を取り出し、鍵穴に差し込んだ。両の掌には、生臭い血がこびり付いたままだった。鍵穴に差した鍵を回したとき、情けなさと悲しさと苦しさ、そして、今まで受けてきた嫌がらせと、僕のせいで命を奪われた兎の死体が走馬灯のように頭に浮かんで、僕は嗚咽していた。

よく、『泣くだけ泣けば涙は涸れる』なんて言うけれど、僕の涙は涸れてはくれない。毎日が怖かった。朝も、夕方も、友と呼んでいる闇さえも、本当は怖くて仕方なかった。

十七歳の僕が弱すぎるから、この嫌がらせだらけの生活に耐えられないのだろうか？

もしも、もっと僕が強ければ、そして、あの日、自分を守り、見て見ぬフリをしていたならば、僕は今頃笑えていたのだろうか？　あの日あの場にいなければ、僕が見ぬフリをし、その場を去れば、以前友達だったクラスの連中とも、今頃共に笑いながら学校生活を送れていたのだろうか？
　様々な疑問が浮かんでは消えた。
　でも、そんなのも、もうどうでもよかった。あの日の僕の行動に、後悔をしたこと
は一度もなかったから。どんな目に遭っても、後悔をしたことはないから。
　だけど……。
　あと一年半と少し、この生き地獄に耐え続ければ、また新しい道が開ける。卒業す
れば笑える日が来るのかもしれない。だけど、一日が怖くて震えてばかりの僕には、
一年半以上の月日は長すぎる。限界を、とうに超してしまっていた僕には、もう、一
日たりとも我慢などできない。
　死ぬ気になればなんでもできるなど、僕にとっては偽善者の言葉にしか聞こえない。
僕は、あの日、あのとき、自分自身さえも殺してしまったんだ。
　玄関のドアを開け、母がいないか耳を澄ませ、物音がしないのを確認してから家に
入った。
　洗面所に直行し、両手にこびり付いた血を洗い流した。血の付いたシャツは洗った
が、血はなかなか落ちてはくれなかったので、ビニール袋に入れてゴミ箱に捨てた。
　痛かっただろう？　苦しかっただろう？　怖かっただろう？　お前は何も悪いこと
していないのに……ごめんな。

振り払っても振り払っても、机の中に入れられていた兎の死体が目に浮かび、僕は何べんも何べんも謝罪した。今まで張り詰めていた糸がプッツリと切れてしまったのが分かった。

やっと分かったよ。僕は、生きていてはいけないんだね。

鏡に映っている自分の顔を眺めた。腐った魚のような、濁った目をして、ただ呼吸を繰り返しているだけの僕がいた。

笑い顔って、どんなだっけ？　本物の亡霊になっちゃった……。

鏡に映っている自分を見て思った。

死んだ目のまま、無理矢理笑った僕の顔は、ただ口元が引きつった気味の悪いものでしかなかった。僕が苦しんでいるのを見て、腹を抱え笑っているクラスメイトは、本当に心底楽しんで笑っているのだと、確信した瞬間でもあった。

「神様なんて、やっぱりいないんだよ」

不気味な笑みでそうつぶやいてから、僕は自室に閉じこもった。拭っても拭っても涙は溢れてきて、生きたいのに、笑いたいのに、幸せになりたいのに、僕にはそんな日は訪れないと脳が僕に教える。

限界だ……。

♪ピロリロリン。

携帯がメール着信を知らせた。放心状態でメールを開くと、『亡霊くん、さよ～ならぁ～』というメッセージがディスプレイに浮かんでいた。

その後も、立て続けに携帯はメール着信を知らせる音を奏で続けた。その全てのメールが、僕に消えてほしいという内容のものばかりだった。『兎殺し』『死神』『お前が死ねよ』。

背中を押された気がした。死ぬことに恐れを抱いていた僕の背中を、そのメッセージが押した。

「ありがとう」

いつしか中傷メッセージに礼を述べている自分がいた。これで、やっと楽になれるのだと。

だけど、拭っても拭っても涙は溢れたままで、ディスプレイを滲ませる。

悔しかった。僕が死んでも、誰も泣かないだろう。そう、アイツ以外は。

僕が死んでも、誰も悲しまないだろう。そう、アイツ以外は。

僕が死んだと知ったとき、大声で笑うクラスメイトの顔が想像できた。苦しさに、悲しさに、辛さに負け、死んだ僕を笑うクラスメイトの顔を思い浮かべたとき、このままただ死ぬのは、あまりにも悔しすぎて、僕はベッドに潜り込み、絶叫した。

「なんで！　なんで僕がこんな目に！　なんで！　なんでアイツらは笑うんだ！　な

んで！　なんでアイツらは笑えるんだ！　なんでぇぇぇぇぇ!!」

悔しかった。悔しすぎた。だけど、もう、生きる自信もなかった。だけど、このまま誰にも何も言わずに僕が死んでも、真実は隠されたまま、僕を笑い者にした奴らは、明るい未来を生きるだろう。罪なき兎が、いたずらに命を落としたことも知られず、隠されたまま、なかったことにして、奴らは生きていくのだろう。

それが許せなかった。僕だけに嫌がらせをするために、力の弱い生き物を簡単に殺す奴らが許せなかった。せめて、誰でもいいから、なぜ僕が死ぬのか、なぜ僕が死んだのかを知ってほしかった。僕という一人の人間の命の火が消えるのを、闇に葬られたくなかった。

どのくらいベッドの上で放心状態に陥っていたのだろうか？

この部屋でこうして生きていられるのも、もうわずかな時間なんだな。

本当に生きる自信を失くし、死ぬ覚悟を固めた僕は、そう思ったとき、パソコンが目に留まった。

ブログなら……！

僕が死ぬ理由を、身近な人間に聞いてほしいわけではなかった。身近な人間に聞いてもらっても、同情の眼差しを向けられるだけ。同情の眼差しを向けられれば向けられるだけ、僕は敗者だと思い知らされる。

でもブログならば、どこの誰かも分からない人たちに僕の気持ちを伝えられる。記録として残すこともできる。ネットの世界は無責任な輩だらけだから、クラスメイトたちのように、誹謗中傷を書き込むことだってあるだろう。でも、それはそれで、死を恐れる僕の背中を押してくれるエネルギーになる。さっきのメールのように、背中を押し、僕を消す手伝いをしてくれる。

ブログだ。

僕は僕のせいで殺された兎が乗り移ったかのように、ぴょんとベッドから飛び下り、パソコンに向かうと、夢中でブログを作成した。

お前のためにも、このまま終わらすことはしないからな。

自分のために犠牲になった兎に、心の中で誓った。それが、僕にできるあの兎への罪滅ぼしだと思った。

『一ヶ月の命』

ブログのタイトルをそう名付け、僕は時間を忘れるほどにブログ作成に集中した。

僕が生まれ、生きた証。あと一ヶ月だけ、一ヶ月だけ生きよう。一ヶ月だけなら、耐えられる。耐えてみせる。

一ヶ月後に死ぬことを宣言したブログを作成した僕は、数ヶ月ぶりに自分が呼吸をしているのを実感した。荒らされてもいい。何を書き込まれてもいい。ただ僕は、証明したかった。弱き者を苦しめることが、そしてその対象とされた者が、どれほどの痛みと苦しみに蝕まれ恐れながら日々を送るかを、誰かに聞いてほしかったんだ。ただ、聞いてほしかったんだ。そして、あの日の出来事を、事件を、明らかにしたかった。

アイツのためにも。

僕のブログ。それは、僕にとって『王様の耳はロバの耳』

現実が過酷であろうとも、このブログだけは僕だけの世界。僕だけが動かせる、僕自身。

『一ヶ月の命』。それは僕であり、僕が法律の、僕の唯一の生きる糧だった。

だけど、それがさらなる悲劇を巻き起こすなんて、僕には予測もできなかった。

僕が作り上げたこの世界で、惨劇が繰り広げられるなんて、いったい誰が予測できただろう?

僕は、僕が死ねば全てが終わると思っていたんだ。

そう、思っていたんだ。

それが、あんな結果を生むなんて、僕には予想もできずにいた……。

ねぇ、今、笑ってくれているかい？

耐え切れない日々に決定打を打たれた僕は、決して選んではいけない道をたどる覚悟を決めた。きっと、僕が選んだ死という道は、間違っているのだろう。それは、誰に言われなくとも、自分自身でも分かっていた。

だけど、もう、限界だった。

孤独も、罵声も、僕という人間全てを否定し、僕に死を選択させるのには十分な理由だった。

人はきっと、僕を負け犬と言うだろう。でも、負け犬でもかまわない。もう、終わりにしたい。

思い起こせば、呼吸をするのさえ苦しい日々は、まるで蜘蛛(くも)の糸を渡っているかのようだった。その糸にしがみ付きながらもなんとか生きようとしていた僕。でも、その糸は切れてしまった。糸が切れた瞬間、僕は人生の終わりへの道に真っ逆さまに転落した。

だけど、このまま、誰にも何も伝えられないまま終わりたくないと、ブログで僕の全てを伝えようと決めたとき、僕は最後にやっと自分を取り戻した気がした。

ブログを作成している間、どんなに足掻いても付きまとっていた憂鬱(ゆううつ)は消え去り、僕は残り一ヶ月の命を、確実に生きていた。

僕が友と呼んでいる闇の黒をベースに、文字は白を選び、ブログは完成した。黒と白、それは、一ヶ月後に僕が死ぬのに相応しい気がした。

今伝えたい言葉はたった一言だった。

『一ヶ月後、僕は、死にます』……。

たったそれだけの言葉を書き、僕はその日の日記を終えた。

伝えたいことは山ほどある。苦しみや悲しみ、孤独、渦巻く真っ黒い影が心に染みついているのに、僕はその一言しか書けなかった。それがなぜなのか、僕にも分からなかった。

ただ、辛い、苦しい、悲しいと愚痴のように言葉を重ねるよりも、その一言が今僕が一番伝えたい言葉だったからかもしれない。

それは、僕を知らない人に伝えたかったからかもしれないし、僕自身が死の覚悟を完全に固めるためだったのかもしれない。

『一ヶ月の命』というブログを作成した時点で、死の覚悟は固まっていた。だけど、幸せになりたいと人生を諦められない気持ちが心の隅に隠れていて、固まったはずの覚悟を揺るがせていたのも事実だった。

ブログを作成し終えた僕は、しばらくパソコンのディスプレイを眺め続けていた。

訪問者が来るのを待ちわびながら、僕は死に方を考えていた。

ネットの世界には責任感などない。だから、僕のこの真実を見た者がいても、信じない者もいれば、僕をバカにする者もいるだろう。

だけど、それでも僕は、見てほしかった。僕の真実を、誰かに知ってほしかった。バカにされても信じてもらえなくても、僕の世界である『一ヶ月の命』という現実を誰かに知ってほしかった。本当に苦しんでいるのではないか？　このブログは、イタズラではなく、この子は本当に死を覚悟しているのだろうと、たった一人だけでもいいから、この現実を知ってほしかった。

だけど、一時間たっても二時間たっても、訪問者は誰一人いなかった。

こんな短時間で訪問者が来るわけないか。

自分に言い聞かせ、パソコンの電源を落とすと、僕はベッドに身を沈めた。ブログを作成し、久々にまとわり付いていた憂鬱から解放されたからか、その日僕は、数ヶ月ぶりに深い眠りに就いた。

自殺まで、あと29日

翌朝、けたたましい目覚まし時計のベルで、僕は飛び起きてベッドから抜け出し、すぐさまパソコンの電源を入れた。パソコンが起動するウィーンという音を聴きながら、早くブログを見たくて仕方なかった。

だが、久々に深い眠りに就けたというのに、僕の体はなぜか重たく、まるで寝不足のように眠気が残っていた。

数ヶ月、ろくに寝ていなかったんだ。疲労が取れてないんだろう。

そんなことを思っているうちに、パソコンは起動し、僕は急いでブログを開いた。カウントには、一人の訪問者が来ていた。コメント欄に一件の書き込みがあることに気づき、僕は急いでそれを読んだ。

悠哉へ。

初めまして。俺の名前は悠音(ゆうおん)といいます。

『一ヶ月の命』というのが気になって、君のブログを見たんだ。

一ヶ月後に死ぬって、本気なのか？

正直、初めはイタズラかと思ったけど、どうやらそうとも思えない。

なぜ、君は死ぬんだ？

正体も分からない俺なんかにこんなこと言われたくないかもしれないけど、もしも何かに悩んでいて死ぬことを決めてしまっているのであれば、俺で良ければいつでも相談にのる。

君が苦しんでいるのなら、俺にできることはしたい。

俺は、君に死んでなんかほしくない。

俺は、君に生きてほしい。


悠音の書き込みは、そこで終わっていた。

書き込みを見ている間、ディスプレイが滲んで見えていた。頬に、涙が零れ落ちて、僕は顔も知らない悠音の優しい言葉に、涙せずにはいられなかった。

「ありがとう……」

悠音からの書き込みを何度も何度も読み返し、僕は何度も礼を述べていた。

その場にいるのに、亡霊扱いをされ、いない存在にされ続けていたこの僕に、消えてくれと願われているこの僕に、悠音は生きてほしいと言ってくれた。僕は、ずっと、その言葉を待っていたんだと実感した。『生きていていいんだよ』と、誰かに言われたくて仕方なかった。

「悠音、ありがとう」

泣き崩れるようにその場に座り込み、僕は悠音に礼を述べ続けた。

「ありがとう。悠音、ありがとう。ありがとう」

拭っても流れ出る涙。涙腺さえも破壊されてしまったのだろうかと思うほどに、涙は止まらなかった。

僕はこのブログを作成して本当に良かったと、心の底から思った。

何千件もあるブログの中で、昨夜作成したばかりの僕のブログを悠音が訪れてくれたことに、運命的なものさえ感じていた。

「悠哉〜！　起きてるの〜！」

母が日課のようにドアをドンドン叩きながら大声で言った。僕は、頬に伝っていた涙を拭い、深呼吸をしてからパソコンの電源を切った。

「悠哉！　起きてるの？　遅刻するわよ！」

「起きてるよ」

「じゃあ、さっさと支度して下りてきなさい！　早くご飯食べなきゃ遅刻するじゃないの！」

「分かってる」

「早くするのよ！」

毎朝毎朝、よくもそんな大声を出すエネルギーがあるものだなと思いながら、僕は制服を手にした。Yシャツに袖を通そうとした瞬間、昨日の兎の死体がフラッシュバックした。

悠音からの温かい言葉で、心が安らいだのに、制服を手にしている僕はもう、恐怖に蝕まれていた。

過呼吸のような息苦しさを覚え、何度も深呼吸を繰り返した。

本当は、もう、学校など行きたくない。僕は、一ヶ月後に死ぬのだ。その僕に、未来につなげるための学業など必要ない。

だけど、それでは、真実を記録として残すブログは完成しない。僕の死も、ただの犬死になってしまう。本当のことを伝えるため、真実を明らかにするため、そして、アイツを守るためにも、僕は奴らとの契約どおり学校に行かなくてはいけない。それは、僕ができる、唯一の勇気なんだ。だから、何があっても逃げてはいけない。今、あと一ヶ月間だけは、逃げてはいけない。

「悠哉～！　いい加減にしなさい！　早く下りてらっしゃい！」

母の怒声がリビングから響いた。

僕はもう一度深く息を吸い、ゆっくりと吐き出しながら制服を着た。

「まったく、毎朝毎朝！　もう子供じゃないんだからしっかりしてちょうだい！　母さんだって、こんなこと毎朝言いたくないんだからね！　自分で起きて、もっとしっかりしてくれれば、母さんだってこんな小言言わなくてすむんだから！　しっかりしてよ！　もう！　毎朝毎朝イライラさせないでちょうだい！」

　そんな母の言葉を聞きながら、僕は食べたくもない朝食を口に運び、味すら楽しむことのできない食事を終え、カバンを手にし立ち上がった。

「食べた？　はい、じゃあお弁当」

　母が僕のカバンに無造作に弁当を入れた。母のイライラの原因は、父に愛されていない現実を本当は理解しているのに、女としてのプライドが邪魔して受け入れられないことから来ているのだろうか。その分僕を過剰にかまうのが、母が唯一自分を保つ方法なのだと思った。

「行ってらっしゃい」

「……行ってきます」

　玄関のドアを開けた瞬間、真夏のような太陽の光が僕に襲い掛かった。逃げ出したくなる衝動を抑え、僕は地獄への道を歩き出した。

　歩いて十分あまりで、僕にとっての巨大な墓場に辿り着いた。今日は何をされるのかと、戦慄を覚えながら、僕は校門の前で佇んでいた。

だけど、逃げるわけにはいかない。あの、兎のためにも、僕のためにも。

戦え。自分のために、戦え。

全てを明らかにするために、アイツを守るためにも。

校門をくぐり、下駄箱から上履きを取り出した瞬間、僕は「ひっ！」という悲鳴を出していた。上履きいっぱいに、ゴキブリの死骸が詰められていた。とっさに手放した上履きから、ゴキブリの死骸が地面に零れ落ちた。

「きゃぁぁぁあああ！」

地面に散らばったゴキブリの死骸を見た女子生徒たちが、悲鳴を上げた。下駄箱周辺は、女子生徒たちの悲鳴で大騒ぎになった。

僕はどうしていいのか分からずに、ただ戸惑いオロオロすることしかできずにいた。

「なんの騒ぎだ！」

大騒ぎになっているところへ、井上が走ってやって来た。井上は、僕の真下に散らばっているゴキブリの死骸を見て、眉間にシワを寄せた。

「真田！　コレはなんだ！　お前がやったのか！　イタズラにも程がある！　今すぐ片付けろ！」

井上は、僕が皆に嫌がらせをするために、わざとゴキブリの死骸を撒いたと決め付けた。なぜ、理由も聞かずに僕がやったと決め付けるのか？　僕はショックで動けず、井上を見た。

「なんだその目は！　片付けろと言ってるのが聞こえなかったのか！　お前は皆に不快な思いをさせて楽しいのか！」

「違いま……」

否定しようと口を開いた僕の言葉を、井上の怒声が遮った。

「片付けろと言ってるんだ！　早くしろ！」

「先生……コレは……」

「口ごたえするんじゃない！　言い訳なんか聞かないぞ！ったく！　今すぐ片付けろ！　分かったな！」

「……」

「聞こえないのか！　分かったかって聞いてるんだよ！　返事は⁉」

「……はい」

井上が、このゴキブリの死骸の山を僕がばら撒いたわけではないと知っているのは分かっていた。だが、井上は僕の責任にした。理由は考えずとも明らかだった。面倒なことに関わりたくないのだ。

僕がクラスメイトからいない存在にされていることを知って、それでも僕がなんの抵抗もせず、訴えることもしないのをいいことに、井上は知らないフリをし、全ての面倒から逃げ出し遠ざかりたいだけなのだ。

それでも、この学校という世界では、教師の命令は絶対であり、逆らうことは許されない。それが、どんなに理不尽で、人間的に教育者の資格がなくとも、この学校で教師として勤めている井上の命令は、絶対なのだ。生徒である僕にとって、それが拷問だとしても。井上自体が、それを分かっていても。

僕は、教室から箒とちりとりを持ってこようとした。しかし、井上はそれを許さなかった。

「お前、俺の言葉無視してんのか？　今すぐ片付けろって言ってんだよ！」

井上は、僕が大量のゴキブリの死骸を片付けるまでその場を離れる気はないようだった。

手が震えていた。全身に鳥肌が立っていた。

「早くしろっ！」

鼓膜が破れるかと思うほどの怒声が響いた。下駄箱周辺にいる全員が、僕を見ていた。

僕は……、両手でゴキブリの死骸を摑み取り、近くのゴミ箱に捨てた。だけど、一回では全ての死骸を摑み取れず、僕は三回もゴキブリの死骸を両手で摑み、捨てる作業を繰り返した。

そこにいる全員が、その場から離れることなく、僕が死骸を素手で摑み捨てているのを見ては、ヒソヒソと小声で何かを話していた。その顔には嫌悪感しか浮かんでおらず、僕はその視線の渦に巻き込まれながら、ひたすらゴキブリの死骸を摑んでは捨てた。

全ての死骸を片付けた僕を見て、井上は冷たい口調で言った。

「今度こんな悪さをしたら、ただじゃすまないからな！　なめやがって！」

神様って、本当にいないんだな。

両の掌を眺めながら、本気でそう思った。

「汚ったねぇ～！」

岡田が、下駄箱の脇から出てきて、オエッと吐く真似をして言った。今日の裏サイトは、大賑わいするんだろうなと思いながら、僕はゴキブリの死骸が詰まっていた上履きを履き、教室に向かった。もう、本当にあの猿になったように、何も見えず何も言えず何も聞こえなかった。

教室まで向かおうとしても、手元から体が腐っていく気がしていた。

その日、僕はあまりのショックに、どうやって教室内にいたのかさえ思い出せないほど、ただ呆然と本物の死人のように席に座っているだけの時間を過ごした。時折、消臭スプレーや香水の匂いが鼻に入ってくるのを感じたが、焦点の合っていない目で、ただただ呆然としたまま席に座っていた。

このまま死ねたらな……。

授業が終わり、自宅へと向かう岐路で立ち止まって、車道を走る車を眺めていた。

今、飛び出せば、即死できるかな？

スピードを出しながら走り去っていく車を見つめながら思った。

即死できなくとも、死ねればいいや……。

車道に飛び出そうと、足を一歩出した瞬間、悠音の言葉が浮かんだ。

『君に生きてほしい』

悠音！

踏み出した足が止まった。悠音のあの言葉が、僕の足を止めてくれた。

あと、一ヶ月なんだ。一ヶ月だけなんだ。頑張れ。頑張れ。頑張れ。

『君に生きてほしい』

再び、悠音の言葉を思い出し、僕は車道に背を向けた。

僕は、毎日、誰かも分からない者たちに殺され続けているけれど、僕は、誰かも分からない悠音に命を救われた。ネットというコンピューターの世界で、僕は殺され、そして救われていた。

自宅にたどり着いた僕は、すぐさまパソコンの電源を入れ、ブログ日記を書いた。

両手には、何度洗っても死という染みが染み込んでしまったようで、キーボードを打つ手も震えていた。

それでも、今日あった出来事全てを書き込み、服を着替えると、僕は倒れこむようにベッドに横たわり、目をつぶった。

頑張れ。

自分にそっと言い聞かせた。

あと、少しだけ、頑張れ。

心の中でつぶやき続けた。

悠音が、また僕に生きるための言葉をくれないかと願いながら、僕はまだ訪れてくれない暗闇の代わりに、目をつぶり続けた。

悠音、君は誰なんだい？

君は僕に、愛をくれたのかい？

それとも僕に、闇をくれたのかい？

僕は、いくら考えても答えなんか出せなかったけれど、ただ、これだけは分かるよ。

悠音、僕は君に出会えて、きっと、良かったのだと。

たとえ、結末が僕らを救ってくれなくとも……。
あんな結果を招いてしまったとしても……。

僕は、君に出会えて、良かったんだ。
きっと。
そう、きっと。
僕は、そう信じたいんだ。
君が、好きだから。
君が、僕を救ってくれたのだから。

なぁ、悠音、君がもし、僕を嫌いになってしまっても、僕は君が好きだよ。
それだけは、自信を持って言えるんだ。
あんな結末でも、それだけは変えられないよ。

自殺まで、あと28日

翌朝、僕は目覚まし時計のベルで朝を迎えた。

昨日帰ってブログを更新し、ベッドに倒れこんだまま眠ってしまったようだった。

ざっと計算しただけでも、十八時間以上眠っていたはずなのに、まだ体は疲れ果てていて、異様なほどの眠気が襲い掛かり、瞼は開けるのを拒んでいた。しかし、ブログが気になり、僕は重たい体を起こし、パソコンの電源を入れた。

今までは、未来日記とさえ言える裏サイトを見るのが憂鬱で、だけど見なくては僕は学校という名の地獄に向かうこともできなかった。契約を破ることになるのが分かっているからこそ、朝を迎えたと同時に未来日記を見なくてはならず、そんな現実にパソコンの起動音が憎たらしかったのに、今は、自分のブログに何か変化があったのではないか？　それが気になり、パソコンが再び呼吸を始めるのが待ちどおしかった。

パソコンが起動したと同時に、僕は自分のブログを開いた。本当は、僕が主役の裏サイトを見て今日の心の準備をしなければならないのに、『一ヶ月の命』のカウントダウンを始めたブログを見るほうが、僕にとっては大事なことに思えた。

ブログを開くと、訪問者を知らせるカウントは十五人になっていた。書き込みが三件あるのに気づき、僕はすぐさま書き込み欄を開いた。

一番初めに、デンブチョというハンドル・ネームを使った者が、『早く死ねば？ っていうか、アンタ、死ぬ気ないっしょ？　人の気ぃ引きたいんだろうけど、超サムイから（笑）』という中傷の書き込みをしていた。

このブログを作成したときから、こういう書き込みをされるのも覚悟の上だった。だけど、いざ現実にその文章を読むと、心は未来日記を読むときと同じように、ただ哀しかった。

二件目の書き込みも、同じような中傷だった。たった一言、『ゴキブリほいほい♪バッチぃ～』とだけ書かれていた。下の名前を出しただけなのに、もうクラスメイトは気づいたようだ。

分かってたことじゃんか。

自分に言い聞かせたのに、気持ちは沈んでいくばかりで、ハンドル・ネーム『悠音』を見つけた瞬間、僕は書き込み欄を開いていた。

悠哉へ
君の日記、読んだよ。
君の日記には、憤慨の思いしか抱けない。もちろん、君に対してじゃない。君を取り巻く愚かな奴らにだ。その教師もただの愚かな人間だってことだな。

だけど、学校という場では、教師は絶対的な権力で生徒を支配する。

君がされたことは、精神的虐待でしかない。俺は、その教師にも、君の上履きにゴキブリの死骸を詰めた奴らにも、怒りしか感じられないよ。

辛かっただろう？

悲しかっただろう？

何より、悔しかっただろう？

君は自分を弱いと決め付けて自分自身を責めてしまっているけれど、そんな必要はまるでないんだよ。君は、生きるべきだ。君こそが、生きるべきなのに……なんで……。

だって、俺には、君は本当は生きたくて仕方ないと叫んでいるようにしか思えない。

だけど、そんな残酷な目に遭わされても、どうして君は逃げないんだ？

逃げない自分を、なぜ君は弱いと言うんだい？

君に何があったのか、俺に教えてはくれないか？

俺は、どうしても君を放っておくことなんてできないんだよ。

俺はいつでも、君の味方だから、それだけは信じてほしい。だから、君に何があったのか、教えてはくれないか？

もし、君が、俺を信用してくれるなら、メールをくれ。

待ってるよ。

俺は、何度でも言う。

俺は、君の味方なんだ。君の味方は、俺なんだ。

待ってるからな！　必ず、力になってやるから！


そこで、悠音の書き込みは終わっていた。前の二件の書き込みを読み、沈んだ気持ちが嘘のように晴れていた。悠音の言葉だけを待っていたのかもしれないと思った。悠音の言葉で昨日僕が救われたように、また深く深く傷付いた心を、悠音の言葉が癒してくれるかもしれないと、心のどこかで待っていたように思えた。

だからこそ、ブログを更新したのだと。

悠音、僕は君に救われているんだよ。すでにもう、救われているんだ。

悠音にならば、全てを話してもいいかもしれないと思った。あの事件も、契約も全て。なぜこの僕が、平凡だった生活から一気に奈落の底に落とされなければならなかったか。また、悠音が疑問に感じたように、どうして逃げないのか。逃げたいのに、逃げられないのはなぜなのか。

その全てを、悠音にならば話してもいいかもしれない……そう、思い始めていた。

「いい加減に起きなさい！」

バンッと激しい音を立て、自室のドアが開かれた。まるで般若のような顔をした母が、僕を見て呆れた顔をしていた。どうやら、母の呼びかけも聞こえないほど、僕は悠音からのメッセージに惹きつけられ、パソコンに向かっていたようだ。

「アンタ何やってるの！　まだそんな格好のままで！　起きてたんなら、返事くらいしてちょうだい！」

怒鳴るように言うと、母はハンガーにかけられた制服を手にし、僕に押し付けた。

「早く着替える！　着替えて学校行く！　どうしてそんなに簡単なことができないの！」

押し付けられた制服を手にし、僕はただ黙っていた。朝起きて、制服を着て学校に行く。それは、普通ならば母の言うように簡単なことなのだろう。だけど、僕にとっては、それほど難しく酷なことはない。

「も〜、いつまでもボ〜ッとしてないで、さっさとしなさい！　分かった⁉」

母の声は、もはや怒鳴り声としか言えない。

「返事は⁉」

無言で制服を持ったままの僕に、母が言った。

「……分かった」

僕はたった一言だけ、そう発し、母がため息を吐きながら部屋から出ていくのを見送ったあと、一番身につけたくない制服に袖を通した。

どうして気づいてくれないのだろう?

諦めていたはずなのに、母に対して疑問が浮かんだ。

あの出来事が起きるまで、僕は今のように学校に行くのを躊躇ったことなどない。毎朝自分で起き、寝惚け眼でも母と挨拶を交わし、時折笑いながら朝食を食べ、母が用意してくれた弁当に礼を言ってから言っていたんだ。今よりも何百倍も大きな声で。元気に、「行ってきます」と。

父に見捨てられている母が、少しでも笑ってくれるように。安心してくれるように。父のいないこの空間が、少しでも笑い声で溢れるように。そう過ごしていたのに……。

制服を着終えた僕は、もう一度悠音からの書き込みを読んだ。悠音のアドレスが携帯のものであることに気づいた僕は、悠音のメールアドレスを登録しようと、自分の携帯を探した。悠音のアドレスは僕のと同様、なんの意味もない数字とローマ字が羅列された長いものだった。ところがそこで、普段ベッド脇に置いてある携帯がないことに気づいた。

そういえば、昨日から携帯の着信音、聞いてないな……。

確か、一昨日の放課後、家へ向かおうとしていたとき、いつもの中傷メールを読んだのを思い出した。

学校に落としたか？

そうも考えたが、僕にとって携帯がないことは好都合でもあった。ひっきりなしに鳴るイジメメールに怯えなくてもすむのだから。

「悠哉！　いい加減にしないと本当に怒るわよっ！」

母の怒声が響いてきた。

もう、とっくに怒っているだろう。

そう思ったが、口にするほどバカではない。これ以上のゴタゴタを受け入れるキャパなど、僕にはありえないのだから。今は、着たくもない制服を着て、学校に向かうのが精一杯の僕の勇気だ。

僕はカバンを手に自室を出た。最後に、もう一度パソコンを見つめてから。まるで、パソコンが、いや、悠音が、僕に『頑張れ』と言ってくれている気がしていた。

「行ってくるね」

パソコンに向かい、独りつぶやいた。

その日、学校に着いて教室に入るなり、黒板にデカデカと『ゴキブリ鷲掴み！　伝染病に注意！』という文字が目に入った。僕の机の上には、大量のゴキブリホイホイが置かれていた。

ホーム・ルームで井上が僕を見ると、「なんだ！　その机は！　昨日自分がやったことの責任逃れか！」と怒声を浴びせた。

僕はもう、まるで僕自身の時間感覚さえもコントロールできなくなり、思考が停止しているのが分かった。

人間の脳は、自分を守るために、時として、記憶を失くす作用を施すらしい。

その日、僕はきっと、みんなが裏サイトで騒いでいるように、生きた亡霊だっただろう。自分がどうやって、地獄の時間を過ごしていたのか分からない。気づけば、すでに下校時間をとっくに過ぎていて、顔に白い粉がかかっていた。教室に設置されている鏡を見ると、頭からチョークの粉がかけられていた。

いつの間に？

やっぱり悠音に、全てを告白しよう。

鏡に映っている自分の哀れな姿を見た僕は、そう決意した。

ネットの世界での悠音との関係。僕は、どこに住んでいるかも、学校名も書いてはいない。僕を見つけることはできないはずだ。だから、悠音にだけなら、本当のことを話してもいいと思えた。いや、聞いてほしかった。知ってほしかった。悠音のような人を待っていた。そして、悠音のような人に、真実を知ってほしかったのだ。それから、この世を去りたかった。

僕は、頭からかけられたチョークの粉を手でふるい落とし、帰宅した。

「帰ったの？」

母が僕に声をかけたのに気づいてはいたが、僕は無言のまま自室に直行し、パソコンの電源を入れた。そして、悠音のアドレスを開き、メールを打ち始めた。悠音に全てを告白するのに、もうなんの躊躇もなかった。

悠音へ
書き込み、ありがとう。

悠音は、僕を救いたいと、力になりたいと言ってくれているけれど、僕はもう、悠音に救われているよ。

悠音の言葉に、どれだけ勇気付けられているか……。

僕は、悠音を信用している。悠音が僕の日記を信じてくれているように、僕も悠音を信用しているんだ。

だから、本当のことを話す。これから話すことは、何も脚色されていない、真実だ。ちょうど、三ヶ月くらい前、僕は目撃してしまったんだ。うちのクラスにいるある女子が、数人の男子にレイプされかけているところを。

僕は、その子のことが、中学のときから好きだった。だから、放っておくことも、見ぬフリもできなかった。だから、気がついたときには、彼女を助けに入っていた。

レイプなんて、許されることではなかったし、立派な犯罪だから、僕は教師なり親なりに言うべきだと彼女に言ったんだ。だけど、彼女は絶対に誰にも言わないでほしいと僕に懇願した。

レイプは未遂だったから、いつまた危険な目に遭うか分からないと彼女を説得したけど、彼女は首を横に振り、言わないでほしいというばかりだった。

彼女は都議会議員の娘で、優等生でもあって、そのストレスからか、万引きをしたらしいんだ。その現場を、彼女をレイプしようとしていた奴らに見られ、弱みを握られて強引に関係を迫られたらしい。だからこそ、親に迷惑をかけたくないと、誰にも言わないでほしいと頼まれた。

だけど、僕は、彼女を好きでたまらないから、奴らと契約を交わしたんだ。

僕が、奴隷になると。どんなことをされても、逃げずに奴隷として言うことを聞くと。

その代わり、彼女には一切、もう手を出さないと約束してくれと。

奴らは、彼女を弄ぶよりも、僕を自由に奴隷として使うほうが刺激的で楽しいと思ったみたいで、僕の提案に同意した。

それから、僕の地獄の日々は始まった。毎日の嫌がらせ、学校裏サイトで僕が主役にされ、僕は毎日殺されている。でも、僕が提案した契約だから、彼女を守りたかったから、耐えられた。どんなに辛くとも、耐えられた。

だけど、教師からも嫌がらせを受けたとき、僕の中に積もり積もっていたものが音を立てて崩れ落ちていった。

だから、死を選ぶことに決めたんだ。

これは賭けでしかないけれど、僕の死で、奴らが少しでも責任を感じ、彼女をもう苦しめないでくれればと。奴ら自身が少しでも変わるようにと。

だから、僕は死ぬ。

もう、僕のような被害者を出したくない。イジメは一生、なくなることはないだろうけれど、一人でも救えたら、それでいい。

いや、そんなのは偽善だな。僕は、彼女さえ救えたらそれでいいんだ。

この世からイジメは決してなくならない。僕はね、悠音、そのイジメの被害者の全てを救えるなんて、そんな大それたことは考えてもいないんだ。

僕は、大好きな彼女さえ救えれば、彼女が安全に暮らせて、またあの天使の微笑みを浮かべてくれるならそれでいいんだ。

だから、偽善っていうのは、当たり前なんだ。世の中には、僕以上に苦しんでいる人たちがいるのが分かっているのに、僕は僕の大好きな彼女だけを救いたいんだから。

彼女が一日でも早く、僕の前で本物の笑みを浮かべてくれるのだけを望んでいるんだから。

僕には、彼女しか見えていないのだから。

彼女を守れるならば、奴らが少しでも変わるのならば、それでいい。

悠音、これが、真実の全てなんだ。

だから、僕はこの世を去る。

彼女を救うヒーローに、最後になりたいから。

自分勝手かな？


僕は、悠音にメッセージを送ると、目をつぶった。あのとき、山木が体を震わせながら、恐怖に顔を歪めていた様子が浮かんだ。

僕の片想いでしかないけれど、山木が笑うと、その場はまるで天国の花園のように華やかなオーラが漂う。あんなに澄んだ瞳をした女性に出会ったことはない。きっと、僕が死を選ばず生き続けても、あんなに素敵な女性に出会えることはもうないだろう。人は、わずか十七歳の若造がって思うかもしれないけれど、僕にはそう確信できるんだ。だからこそ、自分を犠牲にしてでも、山木を守りとおしたかった。

この命に換えてでも。

僕の命など、山木の未来の幸福な可能性に満ちた人生のためならば、安いもんだって、本気で思える。

僕は、本物の愛を知ったのかな?

窓の外を眺めてみた。

気づけば、もう、夕暮れになっていた。

僕の体は異常なほどに疲れていて、未来日記という名の裏サイトを見る余裕さえもなく、Tシャツと短パンに着替えてから、ベッドに身を沈めた。

悠音に全てを話せたからか、それとも、頻繁に鳴り続ける携帯を失くし、着信音に怯えずにすんだからなのか、僕の心は安らぎ、そのまま眠りに就いた。

夢の中で、山木が微笑んでいた。僕は、僕に微笑む山木を抱きしめ、どうか山木の人生が幸せに満ちていますようにと願っていた。

これは、僕が望んでいる夢だ。僕の願望だ。

眠りながらもそう思っていたけれど、夢は実に現実感が感じられ、本当に山木を抱きしめているように、僕の腕の中で山木の体温さえも感じることができていた。

まるでそれは、現実だと錯覚を起こすほどに、リアリティのあるものだった。

僕が死ねば、全て終わるはずだった。

全て、終わるはずだったんだ。

それなのに……。
なぁ、悠音、僕は間違っていたのかな？
君なら、答えを教えてくれるよな？

自殺まで、あと27日

翌朝、僕はけたたましく鳴り続ける目覚まし時計のベルを聞きながらも、なかなか起きられず、ベルを止めては、五分後にまた鳴るベルを止める作業を繰り返し、やっとの思いで鉛を埋め込まれたような重たい体を起こした。

すがすがしいとまでは言えなくとも、自室に入り込んでくる朝の光に恐怖を覚えることはなかった。それがなぜなのか、自分でも不思議だったが、死を覚悟し、もう残り少ない命であるこの体に、少しでも光合成を許したかったからかもしれない。

僕は亡霊なんかじゃない。れっきとした人間なんだ。

朝日が、僕の体を包むことに恐怖心を覚えなかった僕は、自分でそう言い聞かせた。そして、僕にそう思わせてくれたのは、悠音の存在があったからだった。

せっかくのこの変化を迎えた朝を、また母の怒鳴り声で台無しにされたくなかった僕は、素早く制服に袖を通し、学校に向かう準備をしてから、パソコンの電源を入れた。

裏サイトの未来日記など、もはや僕にはどうでもよくなっていた。それよりも、カウントダウンが刻まれた自分のブログに目を通したくて、僕はパソコンが早く起動しないかと待ちわびていた。
パソコンが起動したと同時に、僕は自分のブログを開いた。訪問者は、三十八人になっていたが、書き込みは一件だけだった。
悠音の名に気づいた僕は、急いで彼からの書き込みを読んだ。いつもは長めのメッセージを書き込んでくれている悠音だったが、この日のメッセージは、たった一言だけだった。

そいつら全員、許せねぇ！　死んじまえばいい！

そのメッセージを読んだ僕は、悠音にまで僕の背負っている重荷を背負わせてしまったのではないかという気持ちと、言えなかった僕の本音を悠音が言ってくれた嬉しさとで、戸惑っていた。
僕はすぐさま、悠音にメッセージを送った。

悠音へ
書き込み、ありがとう。
そして、話を聞いてくれてありがとう。

でも、僕は悠音にまで、重荷を背負わせてしまったのかな？

だったら、ごめん。

でも、悠音、ありがとう。

僕は、君の存在にどれだけ救われているだろう。

悠音、君に出会えてよかった。

悠音、僕は君のおかげで頑張れているよ。

ありがとう。


それだけメッセージを送り、僕は母が怒鳴り込む前にリビングに下りた。

右手に痛みを感じたが、変な体勢で眠りこけてしまったのだろうと思った。

グーパーと手を動かし、痛みを少しでも和らげる運動をしてから、時計を見て、急いでリビングに向かった。

「おはよう」

台所で僕の弁当を作っている母に言った。母は少しだけ驚いた顔をしたあと、すぐに微笑んで「おはよう」と挨拶を返した。

「なんだ。やればできるじゃない。毎日そうして自分で起きて、しっかりしてくれると母さん助かるわ」

そう言うと、母は僕の弁当を見せ、「アンタの好きなウィンナー入れといたからね」と言った。確かに僕の好物だが、ウィンナーがタコやカニの形になっているのを見て、母にとっては、どんなに僕が成長しようとも、僕はいつまでたっても子供でしかないのだと思った。

だが、それは幸せと感じるべきことなのだろう。母は母なりに、僕の弁当に手間ひまかけ、少しでも見栄えがいいように、美味そうに作ってくれているのだから。

なんだかんだ口うるさくしていても、母にとっては僕が生きがいなのだろう。

だが、そんな僕は、あとわずかでこの世を去る。

ごめんな。

母の後ろ姿を見つめながら思った。

これ以上の親不孝って、ないよな。ごめんな、母さん。

僕の未来に過剰なほど期待している母に向かい、心の中で謝罪した。母にとっては、想像もつかないことだろう。唯一の生きがいである息子が、あと一ヶ月もたたずにこの世を去るなんて。

朝食を食べながら、僕がいなくなったときの母を想像してみた。狂ったように泣き叫ぶ母の姿が目に浮かんだ。だけど、それでも僕は、始めたカウントダウンを止めることはできない。

ごめん。母さん。

もう一度だけ、母の後ろ姿に謝罪した。


その日、学校に行くと、教室内は何やら騒がしく、中には携帯を手に真剣な顔でメールを打っている者も数人いた。

普段は僕が教室に入るなり、僕に目を向け嫌悪の眼差しで嫌がらせをする者も、消臭スプレーをまく者も、誰一人僕に目を向けず、岡田の机の周りに集まり、皆が皆、真剣な顔で何やら話し合っていた。

なんかあったのか？

そう思ったが、誰が僕に事情を話してくれよう？　ただ、教室内の雰囲気からいって、ただごとではないことだけは察しがついた。

僕は黙って自分の席に着き、ホーム・ルームが始まるのを待っていた。

だが、普段は異様に早く教室を訪れ、生徒たちを自分の支配下に置くのを楽しんでいるかのような井上は、なかなか現れず、チャイムが鳴って十分以上の時間が過ぎても、教室に顔を出さなかった。

クラスメイトたちは相変わらず岡田の机の周りに群がり、真剣に何かを話し合っていた。

時折、「マジでホントなの？」とか、「アイツ、去年卒業した村瀬先輩と仲いいじゃん。村瀬先輩、ヤバめのとこに入ってるらしいし、村瀬先輩となんかあったんじゃないの？」などと、僕には理解できない話し声が耳に入ってきたが、僕は聞こえないフリをし、ただ座っていた。

チャイムが鳴って二十分以上たってから、ようやく井上が教室に入ってきた。

普段から威圧的な雰囲気を醸し出している井上だが、今日はいつもと違い、少し青ざめた顔をしているようにも見えた。

井上は全員に着席するように命じると、岡田の机に目を向けた。クラスメイトを見渡したあと、柄にもなくため息を吐いて言った。

「昨夜から岡田が行方不明になっているとの連絡が入った。親御さんも誰も、岡田と連絡が取れないため、捜索願いが出されたそうだ。もしかすると、家出なり遊び呆けているだけかもしれんが、親御さんによれば直前までいつもと変わった様子はなかったそうだ。昨日、岡田と連絡を取った者、また、何か心当たりがある者は、俺のところまで報告に来るように。万が一のことを避けるためにも、何か知っている者は、必ず報告に来い！　以上」

「万が一って、どういうことっすか？」

金本が井上に言った。井上は眉を引きつらせた。

「万が一は万が一だ。あと、必要以上に騒がぬよう！　これは、命令だと思え！」

それだけ言うと、井上は出席も取らずに、教室を出ていった。

井上が出ていったあとの教室内は、先ほどよりも一層騒がしくなり、井上の命令を聞く忠実な者は誰一人いなかった。

岡田が行方不明？

僕は突然の思いもしなかった知らせに、ただただ唖然とするしかなかった。

＊

「誰か助けてくれ‼」

縄で手足をキツく縛られ、身動きができない俺は、ただひたすら叫ぶことしかできなかった。昨夜、アイツに呼び出され、バカな奴だと思いながらも向かった俺は、アイツに会った瞬間、意識を失くしていた。かすかに覚えているのは、ハンカチのようなものを口元に当てられたことだけで、気がついたときには、もうアイツの姿はなく、俺はどこだかも分からないこの場所に放置されていた。

「誰か！　誰かいないのかぁ～！　助けてくれ！」

昨夜から大声で叫んでいるため、声はガラガラだった。

手足を縛られ、身動きできないうえに、目隠しまでされているので、ここがどこなのか見当もつかない。身動きできなくとも暴れまわっていたおかげで、目隠しされた布が少しだけずれ、わずかに周囲を見渡すことができたが、辺りは暗く、鉄パイプのようなものが転がっているのを見ると、どうやら工事現場らしい。

今が昼なのか、それとも夜なのか、判別もつかないが、もしも昼であるならば、この暗さからいってシャッターが閉められてしまっているのだろう。だけど、助けを呼ぶのを諦めることはできない。

「助けてくれ！　聞こえないのか！　助けてくれー!!」

意識を取り戻してから、もう何百回叫び続けただろうか？

なのに、物音一つしない。

俺、どうなるんだ⁉

全身に戦慄が走る。それは、時間がたてばたつほど激しくなり、俺を狂わせる。

「助けて！　誰かー！　俺に気づいてくれぇぇぇ!!」

縛られた手足の縄をなんとか解こうと暴れ続けたが、キツく縛られた縄は解けることはなく、俺の手足は縄で擦れ血を流していた。

激痛に耐えながらも、ひたすら助けを呼び続ける。

いつも、いい子を演じてきた俺が、連絡もなしに帰らないのだ。今頃親は必死になって俺を捜し、警察にも連絡をしていることだろう。見つけてもらえる可能性は高い。

だけど、アイツ、何を企んでいる？

叫び続けたため、声はガラガラで、異常なほどの渇きに、唾液さえも出ない。ゲホゲホと咳をしながらも、俺は助けを求め続けた。

アイツは、誰なんだ？

呼び出したのは、確かにアイツだった。だけど、違う。俺をこんな目に遭わせた奴は別の誰かだ。それだけは確信が持てる。少なくとも、会ったことのない誰か。声に聞き覚えはない。

誰なんだ？　俺を、俺をいったいどうするつもりなんだ！

恐怖とはこういう感情をいうのだと思っていた。

「誰……か…たす……」

もう、声は出なかった。俺は、喉の渇きと手足の激痛に耐え続けながら、その場に倒れているほかなかった。

何時間たったのだろう？　シャッターが開く音がした。わずかな光が、ずれた目隠しから見えた。

助けが来た！

それだけを最後に、俺は安堵のせいか、再び意識を失った。

「ずいぶんと滑稽なお姿だこと」

その場に笑い声が響いていたなど、俺は、知らずにいた。

自殺まで、あと24日

金曜日に岡田の行方不明が知らされたものの、土、日はこれと言った騒ぎも起こらず静かに過ぎた。とは言え月曜になっても岡田は発見されず、クラスに不安が広がっていた。

進学校ということもあり、教師たちもスキャンダルを恐れているのか、授業に身が入っておらず、ほとんど自習状態になっていた。

クラスメイトが危険な目に遭っているかもしれないというのに、僕は正直、岡田のことを心配などできなかった。もっと正直に言ってしまえば、どうでもよかった。事故にでも遭っていればいいのにとさえ思った。

人間的に、欠陥があんのかな?

しかしあんな卑劣なイジメを受けていたのだ。そう思うのも当然だろう。

家に帰り、自室に向かおうとした僕を母が呼び止めた。

「悠哉！　もぉ～！　何度電話しても出ないんだから！　何やってたの！」

「あ、ごめん……」

「卵がきれてたから買ってきてほしかったのに。もういいわ。母さん自分で行くから」

「ごめん。携帯持っていくの忘れたんだ」

「今度からちゃんと持ち歩きなさいよ。携帯の意味ないじゃない」

母がため息を吐きながら言った。

「あぁ……うん」

携帯を失くしたなどと言えば、またどやされると思い、僕はそれだけ言い自室に向かった。

自室のドアを閉めた僕は、部屋着に着替えたあと、すぐに悠音にメールを送った。

岡田が先週から行方不明だということ。危険な状態かもしれないこと。なのに、僕は正直安堵と嬉しささえ感じてしまっていること……。

悠音へのメッセージに、最後にこう書き込んだ。


なぁ、悠音、僕は欠陥人間なのかな?

自分に害が及ばないことが嬉しくて、まがりなりにもクラスメイトが何かしらの事件に巻き込まれている可能性があるのに、心配すらできないんだ。

悠音、僕は、おかしいのかな?


悠音が、僕にどんな言葉を送ってくれるのか、想像もできなかった。もしかしたら、冷たい人間だと、自分のことしか考えられないのかと、嫌われてしまうかもしれない。だけど、僕は、悠音だけには嘘は吐けなかった。本音で接したかった。本当の僕を知っていてほしかった。

その日、僕は悠音からの返信を待ちわびながら、夕飯を食べ終え、眠りに就く前にもう一度メールチェックをしたが、悠音からのメールは届いていなかった。

嫌われたのかな？

落胆した気持ちになりながら、僕はベッドに潜り込んだ。

岡田のことを思った。

だけど、やはり僕は、岡田を心配する気持ちなど一ミリたりとも湧かなかった。そんな自分が、なぜかとても汚い生き物のような気がした。

翌日、僕は目覚まし時計が鳴ったと同時に起き上がり、パソコンの電源を入れ、悠音からメールが来ていないかを確かめた。

期待どおり、悠音からメッセージが届いていた。

いつもは、悠音の言葉を読むのが嬉しくて仕方ないのに、僕は少し怖かった。もしも、嫌われたなら、悠音からサヨナラのメッセージが届いていたなら……。

カーソルを動かす手には、緊張が走っていた。しかし、メールの件名に、『君は汚れてなどいない』という言葉が書かれていた。

僕の心は嘘みたいに晴れ、急いで悠音からのメールを読んだ。

悠哉へ
メール、読んだよ。

君は汚れてもいなければ、欠陥人間でもない。それは、俺が保証する。散々君を痛めつけ、奴隷扱いし、契約を交わさせた奴の心配をできる人間がいるならば、俺は会ってみたいね（笑）

そいつはきっと、神から天罰が下ったんだな。

俺は、そう思うよ。

だから、自分を責めるな。

だって、君は責められるようなことは何一つしていないだろう？

君は自分を責めすぎる。

それは、君が優しい証拠でもあるけれど、欠点でもあるのかもしれないな。

もっと、自分に自信を持てよ。

俺は、そんな君が、好きだけどな。

　悠音に嫌われていなかったことに心の底から安堵していた。

『俺は、そんな君が、好きだけどな』という言葉に、思わず涙ぐんだ。なぜだろう？　悠音に欠陥人間ではないと言われると、本当にそう思える。自分は正しいのだと思える。

　それは、僕が、悠音を心から信頼しているからこそなのだろう。

　悠音のメッセージに向かってつぶやいた。

「ありがとう」

「今日も頑張れそうだよ」

　そう言いながら、僕は制服を着て、母の作った朝食を食べてから学校に向かった。

　悠音といつでもメールができたらと、家の中も学校も探したが、携帯は見つからなかった。

　落としたとしたら、学校か家のどこかにあるはずなんだけどな。

　マナーモードに設定しているため、自分の携帯を鳴らしてもなかなか見つからないだろうと思ったし、悠音といつでもメールはしたいが、また携帯の中傷メールに怯えるのは嫌だった。

　悠音とは、パソコンでいつでも会話できるしな。

そんなことを思いながら、僕は学校に向かい、教室の扉を開けた。ところがその直後、目に入ったものに、全身が、思考までもが一時停止した。

岡田の机に、菊の花が飾られていた。

え？

立ち尽くしたまま、岡田の机の周りで泣きじゃくっているクラスメイトをただ傍観していた。思考が停止したまま、僕は席に着き、菊の花を眺めることしかできずにいた。

チャイムが鳴るなり、井上が教室に入ってきた。井上は目をつぶり、ため息を吐いたあと、静かに言った。

「昨日、岡田が工事現場で何者かにより惨殺されているのが発見された。犯人は未だ見つかっていないそうだ。全員、立て」

すすり泣きの聞こえる教室で、全員が井上の命令に従った。

「全員、岡田のために一分間の黙禱」

井上が言った。クラスメイト全員が目をつぶった。誰一人、何も言わない一分間の時間が流れた。

僕は、目はつぶったものの、どうしていいのか、いったい何を、どんなことを思えばいいのか分からず一分間を終えた。

「着席」

井上が静かに言った。女子生徒のすすり泣きが、どこからともなく聞こえていた。

「先生、岡田の葬儀、俺ら出られるよね？」

金本が言った。

「それは、学校での会議の上で決める」

「なんでだよ！」

金本がキレるように言った。井上が何やら躊躇っていた。

「クラスメイトが殺されたんだ。普通、葬儀に出られるだろう？　出るのが、クラスメイト全員で見送ってやるのが普通だろ？　なのに、なんで会議で決めんだよ！　おかしいだろっ！　岡田は、俺らの仲間なんだぜ！」

金本が怒声に近い声で言った。それでも、井上は何も言わずに黙っていた。

「それとも、葬儀に出ることを学校の会議で決めなきゃならない理由でもあるわけ？」

金本が井上に言った。だが、井上はまだ黙ったままだった。下を向き、金本の問いに何も答えない。

「先生！」

金本の大声が教室に響いた。井上がやっと顔を上げた。

「先生、なんか知ってるなら、教えてよ」

金本の迫力のある眼差しに負けたのか、井上が重たい口を開いた。

「そうだな。お前らも、ニュースで知るよりは俺の口から知ったほうがいいのかもしれねぇな」

井上の声は、今まで聞いたことのないほどに落ち込んでいるようにも取れた。

「だから、なんなんだよっ！」

金本の怒声が、教室中に響き渡った。

井上はしばし口を閉ざしていたが、岡田の机に飾られた菊の花を見て、口を開いた。

「岡田の遺体は、犯人から送られてきた地図などから発見に至ったそうだ」

「地図など？」

岡田と一番仲の良かった戸田正行が井上に問うた。井上は唇をギュッと噛み締めてから、怒りのこもった口調で言った。

「昨夜、岡田の自宅前にダンボールが置かれていてな。その中に、岡田の切断された手と、地図が入っていたそうだ。これはもう、ニュースで流れるだろうから、俺からお前らに伝える」

「いやー!!」

教室内に、女子の悲鳴が響き渡った。

「静かにしろっ！」

井上は大声で言ったが、悲鳴はしばらく止むことはなかった。

「静かにするんだっ！」

井上が、大きな音を立て出席簿で教壇を叩いた。

やっと女子の悲鳴が治まったのを確認してから、井上が言った。

「警察が必死に捜査している。犯人が捕まるのは、時間の問題だ。だが、学校にもマスコミが押し寄せてくるだろう。だけど、何を聞かれても絶対に何も言わないように！絶対にだ！」

女子だけではなく、クラスメイトのほぼ全員が、顔面蒼白になっていた。

「異常者のやっていることだ！　下手にコメントなんざした日には、自分にも危険が及ぶと思え！　外出も控えるように！　以上！」

それだけ言い、井上はまたしても出席を取らずに教室を出ていった。教室内はすすり泣きと恐怖で覆い尽くされていた。

僕は岡田の死を信じられずにいた。そして、やはり周りのクラスメイトのように泣くこともできない自分に戸惑っていた。


なぁ、悠音。

きっと、人間が進化を遂げずにアウストラロピテクスのままでいられたら、この世はきっと、もっともっと平和だったんじゃないかなって。

だけど、そうしたら、僕は君に出会えなかったね。

だったら、自分勝手でも自己中でもいいから、僕は今の進化した人間でよかったと思うよ。

本物の愛を、知ることができたから。

君に、出会うことができたから。

僕は、もう、一人じゃないんだから。


この僕が死んでも。


岡田が死んだ……。

その日は、ホーム・ルームだけで全員下校となった。

学校側が心配していたように、岡田の惨殺事件をかぎつけたマスコミが、校門前で待機していた。

井上を含めた教師たちが、必死にマスコミを追い払おうとしていたが、マスコミの威力のほうが勝っていた。中には、同じ学校の生徒が惨殺されたというのに、テレビに映ろうとピースをしながらカメラ前に立つ生徒さえいた。マスコミと教師たちの大声で、周辺の住民までもが学校前に集まっている。下校を命じられ帰宅していく生徒たちはもみくちゃにされ、教師の「早く帰れ！」という声に、しぶしぶ学校を離れる者もいれば、関わりたくないと顔を隠しながら足早に立ち去る者、泣きながら帰るクラスメイトの姿があった。

「君、今回の事件について、どう感じている？」

いきなりマイクを向けられた僕は、ただ下を向き、何も答えずにその場を去った。帰りながら岡田の死の知らせを何度もリピートさせたけど、僕の目から涙は流れなかった。岡田の顔を思い出しても、岡田の声を思い出しても、僕が思い出すのは、僕を罵倒し、笑い飛ばし、消臭スプレーをかける岡田でしかない。到底涙など出なかった。

だけど、僕はもう、そんな自分を汚いとは思わなかった。悠音が、僕が間違っていないことを教えてくれたから。

岡田が死んだ。死んだ。岡田が、死んだ。

脳裏にその言葉は何度も浮かぶのに、実感が湧かなかった。数日前まで僕を中傷し、奴隷として扱い、笑っていた岡田が、本当にもうこの世にいないとは思えなかった。まるで、やりすぎのドッキリにひっかかっているようだった。

死んでくれればいいのにと、正直何度願っただろう。岡田が僕を貶（けな）すたび、岡田に天罰が下ることをどれだけ祈っただろう。

だけど、その願いが、叶うはずのない願いが現実として叶ったというのに、僕の中には恐怖と罪悪感に似た感情が湧き起こっていた。この感情がいったいなんなのか、僕はどうすればいいのか、いくら考えても答えなど出ず、この複雑な思いがいったいなんなのかを早く知りたかった。

悠音ならば、きっと答えを教えてくれる。

そう思った。

マスコミのあの騒ぎで、もうテレビは岡田の惨殺事件報道で大騒ぎだろう。悠音も、きっと岡田の死を知っているはずだ。

岡田が行方不明だということは悠音には話してある。マスコミが流しているニュースが、僕が悠音に相談した岡田であることを、悠音ならば気づいているかもしれない。そして、メールをくれているかもしれない！

僕は急ぎ足で自宅へ向かった。一刻も早く、悠音とコンタクトを取りたかった。

家路の半ばまでを早足で歩いていたが、残りは、全速力で走っていた。一分でも一秒でも早く、家に帰りたかった。そして、悠音に相談したかった。悠音からメールが来ていないかチェックしたかった。

自宅にたどり着き、ドアを開けた瞬間、母が僕を抱きしめた。

「な、な、何？」

突然の母の行為にびっくりした僕は、母にそう言ったが、母は息ができないほど強く、僕を抱きしめた。

「よかった……無事で」

母が、ようやく僕の耳元で言った。この母の行動に、テレビがどれだけ大騒ぎをしているかを察した。

「ニュース、見たの？」

「えぇ」

母の声は涙声だった。

「僕は、無事だよ」

そっと、母から身を離した。母は僕の顔を両手で触ると、「えぇぇぇ」とだけ言った。母の目からは、数粒の涙が零れ落ちていた。

「大丈夫だから」

母に言った。母はただうなずいた。

「可哀想に。クラスメイトのお友達があんな目に遭って、ショックでしょう？」

岡田の顔も知らない母が、涙を零しながら僕に言った。

岡田の死に実感すらも湧かず、涙さえ出ず、悲しいとも思えないなど口には出せない僕は、少しだけ悲しそうな顔をしてみた。

「悔しいよ。友達があんな目に遭わされて。早く犯人が捕まることをみんな願ってたよ」

「そうでしょうね」

母は、零れ落ちた涙を手で拭った。

「少し一人になりたいんだ。部屋に行ってもいいかな?」

悲しそうな表情を演じたまま、僕は母に言った。母はうなずいた。

二階の自室に行こうと階段を上っていく僕に、母が言った。

「あまり、気を落とさないでね」

気を落とす?　悲しいとさえ思えない僕が?

「うん」

僕は心と裏腹の言葉を母に向けた。母は、悲しそうな顔で僕に微笑んで見せた。僕も悲しそうに微笑み、それが演技だと悟られないうちに、自室に向かった。

自室に入った僕は、鍵をかけ、着替えることもせずにパソコンの電源を入れた。パソコンが起動している間、何度も岡田の顔が脳裏に浮かんでは消えた。だけど、やはり僕は、悲しみの感情さえ湧かずに、悠音からメッセージが届いていないかだけを目的にパソコンを操作していた。

だけど、メール・ボックスに悠音からのメールは届いておらず、僕は悠音にメールを送った。

なんでもよかった。悠音とコンタクトを取っていたかった。この罪悪感がいったいなんなのか……、岡田の死を喜んでいる自分がいったい何者なのか、それよりも、岡田が死んだということに、仕方ないんじゃないの？　とすら、当たり前だよとさえ思っている自分がいることが、恐ろしかった。自分で自分が恐ろしくて仕方なかった。

悠音！

自分を見失いそうになり、窮地に立たされている僕は、無意識に悠音の名を心の中で叫んでいた。

悠音に送るメールを打つ指の動きは、いつもの数倍速かった。

悠音へ

今日、学校に行ったら、僕を奴隷にしていた岡田が殺されたという知らせがあったんだ。

行方不明だった岡田は、何者かに惨殺されたらしい。

クラスメイトは悲しみの渦中にいるのに、僕だけ飾られた菊の花をぼんやり眺めていた。僕はまるで教室の隅に置かれた人形のようだった。

なぁ、悠音。

僕、おかしいかな？

君は自分を責めすぎるって言ってくれるけど、まがりなりにもクラスメイトが惨殺されたというのに、僕は悲しいとさえ思えないんだ。悲しいと思えないだけじゃなく、なぜか、罪悪感さえ感じているんだ。

正直、岡田が死んで、嬉しくさえ思っている。安堵さえしている。なのに、僕は罪悪感に押し潰されそうになっているんだ。

この感情は、いったいなんなのかな？

僕は、変なのかな？

教室という箱の中で、僕は、僕だけが、まるでその場にいないような、いるのにいないような、裏サイトで書かれているような、亡霊になったような気分になるんだよ。いや、亡霊というよりも、岡田の死に喜びさえ感じている僕は、僕自身を死神だとしか思えないんだ。

悠音、僕はこの感情を、どうやって処理すればいいのかな？

いつも君にばかり頼ってごめん。

でも、君ならば答えを教えてくれるような気がして。

追伸
こんな僕を、好きだと言ってくれてありがとう。
僕も、君が好きだよ。
とても。

僕は、悠音にメールを送ると、異様な眠気に襲われた。

あんなに眠りに就きたくとも眠れなかった僕が、最近死んだように眠りこけている。

あと一ヶ月もないこの命。もしも本当に神様なんてものがいたとすれば、悠音は神様が最後にくれた僕へのプレゼントなんだと思った。

けだるい体をなんとか動かし、僕は部屋着に着替えると、ベッドに潜り込んだ。

悠音、君はきっと、天使だね。

眠りに就く寸前、僕はそう思っていた。

＊

「ようこそ、おいでくださいました♪　先〜生ぃ〜♪」

「バッカじゃねぇの？　お前」

俺は、目の前の男に笑って見せた。

「そんなこと言ってられんのも今のうちじゃねぇの？」

俺に向かってニヒルな笑いを浮かべた男に、笑い声しか出なかった。

「口だけは達者なんだよな。最近のクソガキはさ。俺の教え子もみんなそう。口だけ達者で、自分一人ではなぁ～んもできないバカばっかでさ。お前みたいにな」

「口だけなのは、お前だろう？」

男が、ニヒッと笑いながら言った。

「あはははは！」

俺は、目の前の男に爆笑して見せた。

「何がおかしいのですかぁ？　自分のことしか考えられない愚かなあなたが、人を笑い飛ばすなんて。しかも、教師だなんて。世も末ですねぇ」

男が俺に、皮肉たっぷりの笑みを浮かべながら言った。

「バカにバカって言って何がいけないんだ？　こんな場所に俺を呼び出して。俺がお前なんざを恐れるとでも思っていたのか？　だから、バカだって言っているんだよ」

俺は、こんな場所に呼び出し、俺を脅そうとしているこの目の前のバカに、笑いながら言ってやった。

「こんな場所？　あなたにとって、こんなにも適切な場所はないと思いますけど？」

「あ？　意味が分からねぇな。お前、あったま悪りぃんじゃないか？」

「そうですか？　あなたが最後にこの光景を見るのが、俺にとっては最上の親切なんですけどねぇ」

「はぁ？　最後？」

「ええ。あなたがこの世を去る前に過ごす最後の場所。この場所が、あなたにとって、一番最適ではありませんか？」

男がクックックと不気味に笑った。

「俺がこの世を去る？　ハッ！　お前、どこまでバカな……」

――!?

とっさにヤバイと思った。だけど、もう遅かった。

その男の手にナイフが握られていたのに気づかなかった俺は、避けようと思ったがすでに遅く、握られていたナイフは俺の腹にぐっさりと刺し込まれていた。

「お……まえ……誰だ？」

腹から血が流れ出す。倒れこむ俺を楽しそうに眺めている男に言った。男は笑いこけ、ぐっさり刺さったままのナイフを見つめながら、一言言った。

「知ってる？　このナイフ抜くとさ、一気に血が噴出して、すぐにご臨終～なの。どう～する？　抜く？　そのままにしとく～？」

ゲラゲラ笑いながら、男が言った。

「なんで……俺……を？」

腹からは、どんどん血が流れ出していたが、この男の言うように、今、このナイフを抜いてしまえば、出血多量ですぐさま死に至るだろう。

「あ？　俺、お前嫌いだしぃ～。お前みたいなの、なんて言うか教えてやろ～かぁ？」

男が、腹に刺さったままのナイフを摑んだ。

「お前みたいなのね、ゴミって言うの」

男は、キャキャキャキャッと子供のような笑い声で腹に刺さったナイフをグリングリン回した。

「ぎゃぁぁあああああああああ!!」

あまりの激痛に、俺は悲鳴しか上げられずにいた。

「んで？　抜くの？　抜かないの？」

男はナイフを摑んだまま、俺に問うた。俺は男に懇願した。

「抜かないで……くだ…さい……」

「あ？」

男が、聞き返した。

「抜かないで……ください……」

再度男に懇願したが、サングラス越しにも男が俺を睨みつけているのが分かる。

「てめぇさ、人にお願いするときは、なんて言うのか、親に教えてもらってないわけ？」

男が言った。男の手には、腹に刺さったナイフが握られたままだった。

「お願い……します……抜かないで」

俺の目からは、情けなく涙が流れていた。

「そうそう、人様にお願いするときは、ちゃんと礼儀をわきまえてね」

男の手から、ナイフが離れた。だが、深く刺し込まれたナイフからは、血が伝って流れ、一向に止まる気配はなかった。

怖い！　怖い！　怖い！

「救急車を……」

「あ？」

「お願い……します……救急車…を……」

このままでは、ナイフを抜かなくとも、死ぬのは確実だった。俺は楽しげな男に懇願した。

死にたくない！

だが、男の笑い声が響いた。

「知らねぇよ。てめぇの命がどうなっても、てめぇが苦しくても、なんも知らねぇ。せいぜい苦しめば？　言ったろ？　てめぇはゴミだ。ゴミは処分するべきなんだよ！」

そう言うと、男は俺の腹を思いっきり蹴った。

「うげぇっほ!!」

昼に食べたハンバーガーが、口から汚物として出ていた。

「汚ったねぇなぁ。まぁ、ゴミはしょせん汚ねぇしな」

男は、俺が助けを求めても、何度も何度も腹を蹴り、顔面を殴り、地面に頭を力いっぱい叩きつけ続けた。

死にたく……ない……。コイツ、誰なん……だ？

男が、俺の頭を思いっきり蹴っ飛ばした。

俺の意識は、その瞬間なくなった。

「汚ったねぇゴミ。ゴミの処分はちゃんとしなきゃねぇ。人間がゴミをちゃんと処理しないから、地球がどんどん汚れちゃうのにさぁ～」

男が、掌に付いた血を舐めた。

「死んだかな？　もっともっと苦しんで死んでもらわなきゃつまんねぇのに」

誰もいない空間に、男の笑い声だけが響き渡っていた。

自殺まで、あと22日

　翌日、僕は全身が重くて、目覚まし時計がいくら鳴っても起きることができずに、母が怒鳴り込んで部屋に入ってくるまで、ベッドの中に潜り込んでいた。

「まぁ～ったく！　いい加減にしないと遅刻するわよ！　昨日はちゃんと自分で起きれたっていうのに、もうこうなんだから。とっとと下りてご飯食べなさい」

　いつもの光景に見えるが、岡田の死があったからか、母の声は大声ではなく、少しだけ落ち着いて聞こえた。

「分かってる……今、起きる」

　異常なほどの眠気と体の重さに、僕は五分おきに鳴り響く目覚まし時計を布団に潜りながらなんとか止め、体をゆっくり起き上がらせた。

　時計を見ると、もう支度しなければならない時間だった。

　僕は寝惚け眼のまま制服に袖を通し、朝食もとらないまま学校に向かおうと玄関に向かった。

「コレ、おにぎり握っておいたから。食べなさい」

　母が、弁当とは別に、僕に炊きたてのご飯で作ったおにぎりを手渡した。

「行ってらっしゃい」

母が言った。それは、クラスメイトをなくした同情からか、静かな声だった。母が僕に気を遣っているのがよく分かる。

「行ってくるね」

「変な人に声かけられても、絶対についていっちゃダメよ？」

母の顔には、心配の色しか浮かんでいなかった。

「分かってるよ。母さん、僕はもう子供じゃないんだから、そんなに心配しないで」

「そうね」

そうは言うものの、母の心配そうな顔つきは治ることはなかった。

「行ってらっしゃい」

再び母が僕に言った。

「行ってきます」

僕は玄関のドアを開け、朝日が刺激的に体を包むのを感じながら、家を出た。振り返ると、母の心配そうな顔が、見え隠れしていた。

あんなに怖かった朝日が体を包んでも、僕はもう怖くなんかなかった。それどころか、なぜか勝ち誇った気持ちさえ抱いていた。

学校の校門で立ち尽くしていた僕は、もう、いなかった。

校門を通り抜け、教室に向かおうとする。すると数人の教師が生徒を呼び止めていた。足止めをくらった生徒たちは、何がなんだか分からないという顔で、教師の話に耳を傾けていた。しかし、教師たちは生徒に理由など話さず、「今日はもう帰りなさい」とだけ言っていた。

「なんで～？」

「せっかく来たのに～」

「先生、なんで？　今日、学校休みってことぉ～？」

「休みなら休みで、連絡網回してよねぇ～」

下駄箱から先の学校内に入れてもらえない生徒たちが、教師に向かい様々に文句を言っていた。

しかし、教師たちは生徒の校内への立ち入りを禁じ、「いいから、早く下校しなさい！」とだけ大声で叫んでいた。

教師たちは、顔面蒼白だった。

何があったんだ？

教師たちは、生徒たちのバッシングに負けないくらいの大声を出して、生徒たちに命令を下していた。

いくらたってても理由を話さない教師たちに、生徒はしぶしぶ回れ右をし、ローファーに履き替え、文句を言いながら、教師たちの命令に従った。

何が起きたのかまったく理解不能なまま、僕も教師の命令に従い自宅へと向かった。

自宅に着き、鍵を開けようとした瞬間、母が僕を玄関先で思いっきり抱きしめた。

「何？　なんなの？　どうしたの？　母さん？」

母は僕を思いっきり抱きしめた挙げ句、涙を流したまましばらく僕を離そうとはしなかった。

「よかった……無事で」

泣きながら昨日と同じセリフを母が言った。僕は母の行動に戸惑っていた。岡田が惨殺され、よほど心配だったのだろうか？

「母さん、何かあったの？」

母に尋ねた。

「あなた、何も知らないの？」

「何もって？」

母の言っている意味が分からず、僕はオウム返しに言った。

「ニュースで、見たのよ。井上先生のこと」

「井上？」

ますます意味が分からなかった僕は、母にいったい何が起きたのか尋ねた。

「井上先生に、何かあったの？」

母は僕を抱きしめたまま、僕の目を見て、何かを言おうとしたが、涙ぐんで声にならないらしく、僕の手を引っ張りリビングに連れていくと、僕をソファに座らせた。

「なんなの？　母さん、何？」

そう尋ねた僕に、母は黙ったままテレビのリモコンを操作し、ワイドショーを見せた。

テレビのニュースキャスターが、淡々と事件内容を話していた。

『今日未明、英秀高等学校で、井上啓二教諭が首を切断され、受け持ちのクラスの教壇に頭部が置かれているのが発見されました。英秀高等学校では、井上教諭が受け持っている生徒が先日惨殺されたという事件もあり……』

え？

『学校側はしばらくの間、学校閉鎖を行うとのことです。警察は井上教諭が何者かに殺害されたと見て捜査を進める方針です』

井上が……死んだ？

テレビキャスターが淡々と話すその内容に、僕は呆然としてテレビから目が離せなくなり、泣いている母の前で立ち尽くすことしかできなかった。

テレビには、学校が映し出されており、マスコミが校長にコメントを求めている。

画面が切り替わると、数人の教師たちが学校内にマスコミが侵入しないよう、校門前で必死に阻止している姿が映っていた。突然のことで、対応に苦慮した学校は、とりあえず理由を告げず臨時休校にしたのだろうが、早々にマスコミに嗅ぎつけられていた。

「母さん、これ……どういうことなの？」

テレビニュースを見ながらも、僕はただただ呆然とするばかりで、母に尋ねた。

「井上先生が殺されてしまったのよ……」

母はまるで、井上の身内のように涙を溢れさせた。

「殺されたって、誰に？」

「そんなの……母さんが知るはずないじゃない」

「そう……だよね……」

テレビ画面に映し出されている井上は、被害者として顔写真が公開されており、『井上先生は普段から生徒思いの教師で……』と、殺された井上を知りもしないニュースキャスターが、深刻な顔つきで事件の被害者となった井上を善人に仕立て上げるような発言をしていた。

井上が？　井上までもが殺された？

岡田に続く井上の死。偶然なのだろうか？　だけど、偶然にしては不自然すぎると思った。僕は、とてつもない胸騒ぎを感じながら、テレビの画面をただ眺めることしかできずにいた。

「教壇に生首を置くなんて……恐ろしい」

母が独り言のようにつぶやいた。教壇の上に置かれた切断された生首を想像したら、異様に気分が悪くなり、僕は母に何も言わずに自室へと向かった。また母も、僕に声をかけることはなかった。

僕はこの異常なほどの胸騒ぎがなんなのか、自分では解明できなかった。だけど、胸騒ぎは時計の針が進むにつれてより一層強くなるばかりで、僕はたまらず悠音にメールをしようと思った。悠音にしか打ち明けることができなかった。他の誰でもない、悠音に打ち明けたかった。それがどうしてなのか、僕自身も分からなかった。

悩みを抱えるたびに、悠音に相談する僕を、悠音はどう思っているのだろう？　もしかしたら、いい加減うんざりされてしまうかもしれない。そんな恐怖もあった。だって、僕には今、悠音しかいないのだから。こんな僕を支えてくれるのは、他の誰でもない悠音しかいないのだから。

だけど、その恐怖心よりも、この怖いほどの胸騒ぎをどうしても打ち明けたくて、僕は悠音にメールをすることに決めた。どこかで、悠音ならば、僕がどんなに弱音を吐こうとも、受け止めてくれるのではないかという甘えがあったのかもしれない。

悠音が僕に生きてほしいと言ってくれたのが本当に嬉しかった。だけど、悠音の言葉であっても、僕は命を絶つことを固く決めていて、その決意は何があっても揺らぐことはなかった。

残り少ない僕という一人の人間の生命。

残り少ないけれど、だからこそ、自分に正直に生きたいと思った。たとえ、悠音に嫌われてしまったとしても……。

カウントダウンが刻々と刻まれている今、僕は、自分に正直に生きたい。自分勝手だと、分かっていても……。

悠音に事の次第をメールしようとパソコンの電源を入れた瞬間、ドアがノックされた。

「悠哉？」

「何？」

僕の名をドアの向こう側から呼ぶ母に言った。

「ちょっといい？」

「いいよ」

僕は立ち上がり、ドアを開けた。母はまだ、少し涙ぐんでいた。その涙は、僕の学校が、僕のクラスだけが事件に巻き込まれ命を落とした人が出たことに対するショックなのか、僕を心配しているからなのか、分からない。僕はいつまでも涙ぐむ母に、なぜか、少し苛立ちさえ覚えた。

それは、僕が日々、殺された岡田と井上にどんな目に遭わされていたのかも知らずに、ただテレビの放送を見て悲しみを覚え涙ぐむ母に、何も知らないくせに井上を語るニュースキャスターの姿が重なったからなのかもしれない。

「どうしたの?」

母に尋ねた。

「今ね、学校から連絡が来て、井上先生の事件のことで警察の捜査があるから、しばらく学校はお休みですって」

うつむき加減で母が言った。

「そう」

僕は、たった一言そう答えた。

「あんなひどい事件が起きたんだもの。仕方ないわよね」

「そっか。分かった」

「考えるだけでも恐ろしいわ。学校側の判断は、当たりまえよ」

「そうだね」

「悠哉、大丈夫?」

母が、僕に言った。僕は母が何を大丈夫と尋ねているのか分からず、「何が？」としか言えなかった。

「岡田くんと、井上先生のこと。岡田くんはお友達だったんでしょう？　それに、井上先生も、すごく良い先生だったって言うし……」

岡田と僕が友達？　井上が、良い先生？

僕は、無意識に眉間にシワを寄せていた。

「悠哉……」

母が、僕の背中を擦った。

笑わせるなよ。

そう思っている僕の気持ちなど分かるはずもない母が、僕を心配そうに見ていた。

「そんなに気を落とさないで。きっと、犯人はすぐに見つかるわ」

「……」

「だから、そんなに気を落とさないで、元気出してね？」

母が、僕の顔を覗き言った。

「……そうだね。僕も早く犯人が逮捕されることを願っているよ」

僕は無理に笑顔をつくって辛そうな演技をし、母に言った。

「えぇ。母さんもよ」

母は僕とは違い、演技ではない笑みを浮かべながら言った。その目には、まだ涙が少し溢れていた。

「あのさ、母さん」

「ん？　何？」

「僕は大丈夫だからさ。ごめん、母さん、少し一人にしてくれないかな？」

これ以上、演技を続けるのも母と話をするのも嫌だった。正直に言ってしまえば、バカバカしかった。

「本当に平気？」

母が僕の顔色をうかがった。

「あぁ。本当に平気だよ。だから、母さんもあまり心配しないで」

「そう。分かったわ」

そう言うと、母は僕の頬に手を当てたあと、また少し微笑んで下りていった。

母が一階に下りたのを確認してから、僕は再びパソコンの前に座り、悠音にメールを送った。

悠音へ

テレビニュースを見た？

あんなに大騒ぎしているんだもん。見ているよね？

岡田に続き、担任の井上が殺害されたんだ。それも、恐ろしいほどの残忍な方法で……。

悠音、なのに僕は、やっぱり欠陥人間みたいで、二人の死を哀しいとも辛いとも思えないんだ。

それどころか、安堵さえしている。僕は、僕を散々痛めつけた岡田と井上の死を知って、安堵してしまっているんだ。

人が死んだというのに、何者かによって惨殺されたというのに、僕は哀しみを抱けないでいる。

学校は、井上の事件で、しばらく休みになったよ。たぶん学校側は一週間くらい休みにしたら、授業を再開すると思う。体面を気にする学校だし、一応進学校だから、PTAとかも黙ってはいないだろうしね。残念なことなのか、そうじゃないのか、僕にはもう分からないけれど、岡田や井上が殺されたことを、心から悲しみ、何も手につかなくなるような者は、いたとしても少数だ。実際は、皆、大学進学のことしか頭にないように思う。

この前、僕は悠音に全てを話したよね。

僕は、あの事件の前、まだ奴隷になる前までは、普通に楽しく学校に通っていたんだ。

岡田たちがあんな事件を起こすなんて予想もつかなかった、何も起こらなかった頃、僕は岡田とも、ごく普通に話していた。友達とは呼べない関係だったけど、それなりに周りの友達と冗談を言い合って笑い合ったこともあった。

なのに、あの事件で僕が奴隷として扱われるようになってから、僕は岡田が憎くて仕方なかった。悠音が言うように、憎かったし悲しかったし、悔しかった。

あの、僕が主役の学校裏サイトも、岡田が作成したんだと思う。たぶんっていうか、絶対。パソコンに詳しいって、自慢しているのを聞いたから。それも、僕にわざと聞こえるように。

でも、それでも、過去であっても、笑い合った奴がひどい惨殺に遭ったっていうのに、僕は涙の一滴さえ出ない。

井上に対してもそれは同じで、井上とはなんのいい思い出もないけど、でも、僕はきっとどこかで、心の奥で、ざまあみろって思っているからこそ、涙さえ出ないんだと思う。悲しいとさえ思えないいんだと思う。

そんな僕は、やっぱり欠陥人間だよね？

いつも暗い話ばかりで、君に頼ってばかりで本当にごめん。でも、君にしか話せなかった。君にだけは、僕の本心を聞いてほしかったんだ。たとえ、君に嫌われてしまても……。

悠音、僕は、いったいどうすればいいのかな？

悠音ならば、答えを教えてくれそうな気がして……。ごめんね。君に甘えてばかりで。情けないよね。でも、一人ぼっちじゃ、抱えきれない気持ちでいっぱいで。なんだか、とてつもない胸騒ぎがするんだ。

悠音からの言葉が、僕にどうすればいいのか、僕がどうあればいいのか、なぜか不思議と悠音の言葉で僕は自分を取り戻すんだ。

なぁ、悠音、僕はいったいなんなのかな？　クラスメイトが、担任が、惨殺されたというのに哀しみも抱けない僕は、人間なのかな？　それとも、人間の皮を被った化け物なのかな？

僕は、僕自身が分からないんだ。

二人の惨殺事件を喜ぶなんて……。

僕は、人間なのかな？

君に嫌われてしまうかもしれないと思って悩んだけど、これが僕の本音なんだ。

悠音にメールを送信すると、僕は複雑な思いに耐えられず、ベッドに身を沈めた。

リビングから、「ご飯よ～」と叫ぶ母の声が聞こえたが、僕は起き上がる気力もなく、聞こえないフリをしたまま、たぬき寝入りをした。母が僕の自室のドアを開け、僕の様子をうかがいに来たが、寝入っているらしい僕の姿を見て、静かにドアを閉め、一階に下りていった。

今は、食物を摂取する気にはどうしてもなれなかった。頭の中は、悠音が僕にどんな言葉をくれるのかだけでいっぱいだった。

たぬき寝入りをしていたはずの僕なのに、岡田と井上の惨殺事件、気味の悪い胸騒ぎに疲れていたのか、僕の悪い癖で考え込みすぎたのか、知らぬ間に深い眠りに落ちていた。

ようやく覚醒したのは、目覚まし時計のけたたましい音だった。学校は休みだが、昨日、そのまま眠ってしまったため、目覚ましのベルを止めておくのを忘れてしまっていたらしい。

昔から、考えすぎるのが僕の欠点だと言われてはいたが、滅多に起こるはずのない出来事に遭遇し、よほど疲れていたのだろう。僕は睡眠を十分とったというのに、体が重く、起き上がるのに時間がかかった。

だが、悠音からメッセージが送られてきているかもしれないという期待で、重い体を動かし、なんとかベッドから起き上がると、パソコンの電源を入れた。

もう、これは、僕の日課になっていた。悠音がいなければ、僕は今、こんな僕ではなく、もっと生ける屍のような日々を送っていただろう。依存度の高い関係を、悠音との出会いで初めて知ることができた。だって、今までは僕が主役の裏サイトを見ることが日課だったのに、もうしばらく見てなどいなく、その代わりに悠音からのメールに頼っているのだから。

情けないよな。

そう自覚していても、悠音の存在が、僕の今の状態をキープしてくれていた。

パソコンの電源を入れ、悠音から返事が来ていることを祈りながら、僕はメール・ボックスを開いた。

自分自身が分からなくなってしまった今、自分を汚いとさえ思うようになってしまった今、悠音に何か言葉を貰いたかった。悠音が僕に、『汚れてなどいない』『君は欠陥人間なんかじゃない』『君は人間だ』……そう言ってくれることを願いながら、祈りながら、開いたメール・ボックスには、期待どおり、悠音からメールが来ていた。

しかし、メールの件名には、『おめでとう！』という言葉が書かれていた。

おめでとう？

僕は、悠音からの『おめでとう！』という件名に疑問を抱きながら、メールを読んだ。

悠哉へ
メール、ありがとう！

もちろん、ニュースを見たよ！　まるで祭りのような大騒ぎだな！　まったく、奴らがどんなに卑劣で最低な人種かも知らないくせに、偽善を並べたてたニュースキャスターの言葉には、吐き気さえ覚えたよ（笑）

でも、良かったな！

君を散々苦しめ続けたバカな奴らには、今回のこの仕打ちは、当たり前。おめでとう、悠哉！　これで、敵がいっぺんに二人も死んでくれたんだ！　めでたいじゃないか！　俺は嬉しくて仕方ないよ！

本当に、おめでとう！　悠哉！

奴らはしょせんゴミでしかなかったんだ。ゴミは処分されるべきだろう？　きっとさ、神様が君にプレゼントをくれたんだよ！　ゴミの処分という形で！

あぁ～、俺は嬉しいよ！　バンザイ三唱だな！

悠哉、君は欠陥人間ではない。喜ぶのが当たり前！　ゴミの処分、この世は今、エコの時代だからな！　ゴミの処分＝エコロジーだよ！

あぁ、最高の気分だ！　なんてすがすがしいんだ！

ゴミの処分に、奴らの死に、共に喜びを分かち合おうぜ！

俺は、何があっても君の味方なんだよ。それだけは忘れるな。君のためならば、俺はなんだってしてやるよ。

俺と君は、もう、心でつながっているのだから。


悠音のメールは、そこで終わっていた。

悠音？

『おめでとう！』という悠音のメールを読んで、僕は複雑な思いだった。

確かに僕は、岡田の死にも、井上の死にも、安堵を感じた。そして、それを悠音に相談した。

だけど、仮にも惨殺され、無理矢理この世を去ることになった二人の死を、祝う悠音の言葉は予想外だった。

僕は、勝手な思い込みだけど、悠音ならば、『君も辛く複雑な気持ちだろうが気にし過ぎるな』というような言葉を予想していたので、複雑な思いを感じずにはいられなかった。

でも、もしかしたら、悠音は、僕を励ますために、僕を汚れていないと言うために、わざとこんなメールを送ってきたのかもしれない。僕を暗闇から引っ張り上げるための、悠音の優しさなのかもしれない。

きっと、
そうだ。そうに違いない。

だけど……。

僕は、悠音のメールを、どうしても素直に受け止めることができないほかに、何か違和感のようなものまで感じていた。ゴミを処分という、ゴミの処分がエコロジーだという、悠音の言葉にも引っかかっていた。

悠音、これは、僕を励ますためだよね？

悠音に返信をしようとしたが、なんの言葉も思いつかなかった。

もし、悠音が僕に罪悪感を抱かせないために、このメールを送ったならば……。

「悠哉」

母がドアをノックした。

「悠哉、起きてる？」

母の声は、戸惑いを隠せない様子でソワソワしていた。

「起きてるよ」

「入るわよ」

僕の返答を待たずに、母がドアを開けた。母の顔は青ざめていて、何も言わなくともただ事ではないことを表していた。嫌な予感がした。昨日から僕の体中を埋め尽くす胸騒ぎが、さらに重くのし掛かっていた。

「どうしたの？」

母に尋ねると、母は青ざめた顔のまま、僕に言った。

「悠哉、あなた、昨日金本くんと連絡取った？」

「は？　金本？」

突如として出たその名前に、僕は何がなんだか分からずに、母に尋ねていた。

「えぇ。そう、同じクラスの金本くん」

母は、金本と僕が友達ではないことを知っている。聞き間違いかと思ったが、母の口からは確かに金本の名前が出ていた。

「取ってないけど……。何？　母さん、どうしたの？」

母の尋常でない様子に、胸騒ぎはもはや爆発寸前だった。

「母さん？　なんで金本の話になるの？　何があったの？」

顔面蒼白の母に尋ねた。母はうろたえた様子を隠せないまま、口ごもっていた。

「母さん、何があったのか話してくれなきゃ分からないよ。なんなの？」

母に説明を求めた。母はまだうろたえた様子のまま、やっと口を開いた。

「今ね、金本くんのご両親と学校側から連絡が来たんだけど、金本くん、行方不明になってるんですって」

「は？」

心臓が、ドクンと痛みを交えて鼓動した。

「どういうこと？」

「昨日の夜からね、金本くん、いなくなってしまったらしくて、誰とも連絡が取れないんですって」

「行方不明って……、誰かと遊んでるとかじゃないの？　携帯の電源切れてるとか」

「そうだといいんだけど、お財布も携帯もお部屋に置きっぱなしなんですって。少し出かけてくるって言ったまま、行方不明になっちゃったんですって……」

「じゃぁ、間違いなく行方不明ってこと？」

異様なほどの胸騒ぎを感じながら、母に言った。

「えぇ。そうみたいなの。悠哉、金本くんと連絡取った？」

「いや」

「そう……。立て続けに嫌なことばかり起きるわね。井上先生の事件のことも、今ニュースでやってたけど、変質者の犯行みたいだし。あんなメッセージを口に入れるなんて、世の中狂ってるわ」

「あんなメッセージ？　口にって？　何それ？」

「あなた、ニュース見てないの？」

「う、うん」

　母はますます青ざめ、ニュースで新たに流れた井上の事件の内容を話した。

「井上先生の口の中にね、紙切れが詰め込まれていて、『ゴミの処分＝エコロジー』って書かれていたんですって」

「ゴ……ゴミの、処分？　エコロジー？」

　心臓が、早鐘を打っていた。

「ええ。変質者の犯行に間違いないって、ニュースでやっていたわ。母さん、もう恐ろしくって……それに……」

「それに？」

「岡田くんの遺体もね、同じメッセージカードが手に握られていたんですって」

「岡田……にも？　ゴミの処分、エコロジーって？」

「ええ。お家に送られてきた岡田くんの手にね、握られていたんですって……」

　母は口に手を当て、辛そうな表情を見せ、目をつぶった。

「間違いないの？」

　僕は母に問いただした。

「え？」

「本当に、殺された二人の遺体に、ゴミの処分、エコロジーって書かれたメッセージがあったの？　何かの間違いじゃなくて、それは本当なの⁉」

「え？　何をそんな……」

あまりにも僕が必死に母に問いただすので、母は驚いたように口ごもった。

「それは、本当に間違いないの？　そう聞いているんだよ！」

僕は一刻も早く答えを聞きたくて、いつの間にか大声を出していた。そんな僕を、母は鳩が豆鉄砲を喰らったような顔をして見ていた。

「間違いじゃないのかって、誤報じゃないのかって聞いてるんだ！　答えてよ！」

普段大人しい僕が感情を露わに大声を出しているのによほど驚いたのか、母の目は真ん丸くなっていた。

「ニュースでやってたんですもの。間違いはないと思うわ。あなた、何をそんなにムキになっているのよ？」

「別にムキになんてなってないよ」

母の話を聞いてから、一瞬、悠音の存在が頭の中に浮かんでいた。僕は、冷静さを取り戻そうと必死だった。

「しかも、そのメッセージ……、殺された岡田くんのも、井上先生のも、殺されたときの血で書かれていたんですって」

「なんて言った？」

　無意識にうつむいていた僕は、顔を上げた。

「え？」

「今、なんて言った？」

「え、だから、殺されちゃった岡田くんと井上先生のメッセージ、血で書かれてたって」

「血で？」

「ええ」

「血で書かれたメッセージが、遺体に残されていたってこと？」

　戦慄を覚えた。二人を惨殺した犯人は、どうしてそんなに残酷なことができるのだろう？　二人を知っている分、恐ろしさは増した。

「母さん、岡田くんや井上先生のご家族のことを思うと、いたたまれないわ」

　そう言うと、母はまるで二人の家族のように泣き出した。僕は、血で書かれたメッセージのことだけで頭がいっぱいで、目の前で泣いている母をただ見ていることしかできなかった。

　まさか、そんなこと、あるはずがない！

　脳裏に悠音の存在が浮かぶたび、僕はその考えを振り払った。

悠音は、僕が通っている学校も知らなかったんだ！　それに、ただネットで知り合ったただけの奴のために、人を殺せるはずないじゃないか！

悠音の存在に救われている僕なのに、悠音を少しでも疑った自分が恥ずかしくて、だけど脳裏にメッセージの内容が浮かんでは悠音の存在を思い出し、僕は悠音に申し訳ない気持ちでいっぱいだった。

悠音のはずはない！　絶対に絶対に悠音のはずはない！　悠音のような優しい人が、こんな残酷なことを平気でできるわけないじゃないか！

そう何べんも自分に言い聞かすのに、悠音のメール内容が頭を過る。

『ゴミの処分。エコロジー』

僕はバカだ！　絶対に悠音じゃないんだ！　バカだ！　僕は大バカ者だ！

「悠哉？　アンタ、どうしたの？　変よ？」

頭を振っては何も言わずに黙りこくっている僕を見て、母が言った。それでも無反応の僕に、母が僕を抱きしめた。

「可哀相に。よほど辛いのね。母さんでもこんなに悲しいんですもの。悠哉はもっともっと悲しいわよね」

何を分かったようなことを！

そう思った瞬間、僕は母を突き飛ばしていた。

「ゆ、悠哉?」

母は顔中に悲しみと驚きを表し、僕の名を呼んでいた。

「分かってないよ！　母さんはなんにも分かってないよ！」

初めての反抗だった。

「ゆ、ゆ、悠哉?」

「母さんは、いつもいつも分かってると思っているだけで、僕のことなんてなんにも、これっぽっちも分かってないよ！　なんにも分かっていないのに、分かったようなフリしないでくれよ！」

僕は大声で母にそう怒鳴ると、無理矢理母を部屋から追い出し、振り向きもしないで自室に閉じこもった。

考えなきゃならないことだらけだった。考えてはいけないことだらけだった。

どうすればいいんだよ！

まさか、悠音に、『君が僕のために奴らを殺してくれたのかい?』なんて聞けるはずはない。

その前に、悠音は僕がどこに住んでいるのかも、殺された岡田や井上の住所も知らなかったんだ。そんな悠音が、どうしてあの二人を殺せたというのか?

だけど、不自然なほどに、言葉では表せないくらいの胸騒ぎがして、悠音からのあのメールが頭を離れなかった。

悠音を疑う自分が嫌で嫌で仕方なかった。だけど、いくら違うと言い聞かせても、悠音のことを疑ってしまう僕がいた。

こんなの嫌だ！

回らない頭で考えた。考えて考えて考えまくった末、僕は、悠音にメールを送ることにした。悠音に直接会って、話をしたいと思った。悠音に直接会えば、僕の疑念も解けると思った。

僕はすぐさま悠音にメールを送った。

悠音へ
いつも僕を励ましてくれてありがとう。

悠音、テレビニュースを見た？

連日連夜、あんなにテレビで大騒ぎしているんだ。知らないわけないよね？

異常者の仕業だって、無差別殺人ではなく、関連性のある事件だって騒いでるけど、殺された二人の遺体に、血で書かれたメッセージがあったそうなんだ。

それに、さっき母さんから聞いたんだけど、同じクラスの奴が、また行方不明になっているそうなんだ。

なんだか、無性に胸騒ぎがして……。

悠音、僕はなんだか、また自分を見失いそうで、自分が自分じゃない悪に蝕まれていきそうで怖いんだ。

悠音には迷惑かもしれないけれど、一回、僕と会ってくれないかな？

悠音に会えれば、悠音の顔を見て話ができれば、僕は自分を取り戻せる気がするんだ。

甘えてばかりでごめん。

返事、待っています。

僕はそれだけメッセージを送ると、ベッドに身を沈め、何も考えないようにしようと、頭から布団を被った。

悠音、僕は君を信じているから！

ベッドに身を沈めながら、何度もそう言い聞かせ、僕は悠音からメールの返信が来ることを願いながら、目を閉じた。何も、見たくなかった。光を見たくなかった。目をつぶり、自分から暗闇を呼び寄せることで、もう、悠音を疑う自分にサヨナラしたかった。

自殺まで、あと20日

山木が叫んでいる。

岡田たちが、山木のスカートの中に手を入れ、抵抗している山木を無理矢理押し倒し、馬乗りになっている。

それでも、必死に抵抗する山木の頬を、岡田が引っぱたいた。もう、誰もいない教室。数時間前までは、三十人以上の人間が勉学に勤しんでいた教室は、レイプパーティ会場に変わっていた。

山木の口は岡田たちの手でふさがれ、山木は叫ぶこともできないまま、ただ暴れながら抵抗し続けている。

岡田が、山木のブラウスを引きちぎった。声にならない悲鳴が響く。山木の瞳から、溢れんばかりの涙が落ちている。

「やめろぉぉぉおおお!!」

ドスンッという音とともに、僕はベッドから落ちていた。全身には脂汗が滲み出ていて、あの日のあまりにもリアルな夢に、まだ心臓がバクバクと暴れていた。

フローリングの床を見ると、僕はベッドから思いっきり落ちたせいで体を痛めたらしく、鼻血が落ちていた。全身を打撲でもしたんじゃないかという痛みに、僕は鏡の前に立った。よほど変な体勢で落ちたらしく、顔には青あざまでできていた。

鏡の中の自分の顔を見て、山木のあの日の事件を思い出し、どうしようもできない自分の不甲斐なさに腹が立った。

「痛ってぇ」

あまりの痛みに服を脱いで鏡の前に立つと、全身ところどころ青あざができていた。どんな落ち方をしたらこんなになるんだよ。

自分でも笑ってしまう。ベッドから落ちたくらいでこんなに全身に怪我をするのも僕くらいだろう。

そういえば、昔、まだ小学生の頃、自転車を手放し運転して楽しんでいた僕は、そのまま転倒し前歯を折ったこともあった。あのときは、痛みと母に怒られるのではないかという恐怖で口元を隠し家に帰ったが、僕の折れた前歯を見た母は、呆れたように、ただ「バカだねぇ」と言い、僕を歯医者に連れていった。

まぁ、でも、頭は打ってないし、不幸中の幸いか。

再び苦笑しながら、僕はパソコンの電源を入れた。

昨日、悠音に送ったメールの返事がどうか来ていますようにと願っている僕がいた。どこまでも、結局僕は他力本願だな。

そう思いながら、メール・ボックスを開けた。
「悠音……」
悠音からのメールが来ていたことが嬉しくて、思わず名前を呼んだ。
だが、その件名には、『ざまあみろだな』と書かれていた。
悠音？
悠音らしくないその件名が気になり、僕はすぐにメールを読み始めた。

悠哉へ
メールありがとう。
もちろん、事件のことは知っているよ。あんなに大騒ぎするほどのことじゃないのに、マスメディアってのは、本当に暇なんだな（笑）
たかがゴミが処分されただけの話であって、何もあんなに騒ぐことじゃないのに、バカみたいだと思うよ。笑っちまうよ、ホント。
もっとさ、重要な問題を取り上げるべきだ。この腐った世の中をどう改善するかの政策的な話題とかがほしいもんだよ。異例の政権交代が起こった今、この日本はどうなるか、どうするべきかとかね。もちろん、自衛隊の問題についても、もっと真剣に報道するべきなんだ。

それを、いつまでもいつまでも、しつこくゴミどもの話で盛り上げてるんだから、呆れちまうったらないね。

だから、この日本は、いつまでたったってなんの変わり映えもしない、バカどもの集まりなんだよ。

あ、もう一人、行方不明になったんだって？

でも、そいつも、君を散々苦しめた奴なんだろう？　じゃぁ、君は何も気にすることはないんじゃないか？　気にするほうがおかしいよ。

人を散々痛めつけ、傷つけた奴は、それなりの罰を受けなければならないんじゃないかな？

少なくとも、俺はそう思うよ。

でも、まだまだゴミは残っているけどな。

この世の中は、クソッタレの集まりだから。

あと、俺に会いたいという話だけど、俺も君に会いたいが、残念ながらそれはできそうもないんだ。

だけど、俺はいつだって君の味方だし、君のそばにいるよ。

言っただろう？

君と俺は、もう、つながっているんだ。

悠音のメールはそこで終わっていた。

会えないのか……。

残念な気持ちと、悠音らしくないメールだなと思ったが、僕が自分を責めすぎ、考えすぎているのを見抜いていてくれるからこそ、悠音はあんな言葉を僕にくれたんだと思った。

つながっている……。

嬉しかった。悠音に、味方だと、つながっていると言ってもらえたのが、嬉しくて仕方なかった。僕は、もう、独りぽっちじゃないんだと思えた。

僕をイジメていた首謀者たちが消えていく。しかし、クラス中から、いや、学校中から存在を否定され絶望し、死を決意したのだ。僕の残りの命があと二十日ということは揺らがない。

ただ、残り少ない僕の人生だけど、その残り少ない僕の人生、僕はもう、独りじゃないんだ。

ずっとリスペクトしていたあの三匹の猿たちが、本当はずっと羨ましかった。

だって、あの猿たちは、独りぽっちじゃないから。仲間がいるのだから。仲間と寄り添い、存在しているのだから。決して離れることのない仲間と寄り添っているあの三匹は、僕なんかよりもずっとずっと心強いはずなんだ。

でも、もう、僕も独りじゃない。僕には、悠音という仲間がいる。

「ありがとう、悠音」

パソコンのディスプレイに浮かんでいる悠音からのメールに礼を述べた。

会いたかったな。

残念な気持ちは、消えはしなかった。悠音と会って話し合うことができたなら、語り合うことができたなら、どんなに幸せだろう。

悠音の姿を想像してみた。

きっと、大きな澄んだ瞳で、薄い唇をしていて、少し子供みたいに、いつまでも歳を取らないピーターパンのように、くったくのない笑顔で笑うんだ。そして、そのくったくのない笑顔で僕の名前を呼んでくれるんだ。

「悠哉っ！」

バタンと大きな音を立て、母がノックもなしに部屋に入ってきた。母の顔は青ざめていて、小刻みに手が震えていた。

「どうしたの？」

「ゆ…ゆ……ゆ……」

母は怯えた様子で、声も出ず、その顔は見る見る青ざめていった。

「母さん？　何があったの？　まさか、父さんになんかあったの？」

僕は、僕の前でただ佇み、小刻みな震えを止められない母の両肩を揺さぶった。母はよほど動転しているのか、僕の顔の青あざにはまったく触れようとしない。

「父さん、事故にでも遭ったの⁉」

母がこんなに取り乱してしまうのは、父さんに何かあったからとしか思えない。しかし、そう尋ねた僕に、母はただ首を横に振った。その仕草をすることだけが、今の母には精一杯といった感じだった。

「父さんに何かあったんじゃないんだね？　じゃぁ、どうしたんだよ！　何も言ってくれないんじゃ分からないよ！　何があったの？」

僕は、大声で母に尋ねた。少し震えている母の唇が、動いた。

「い、い、い、今、連絡が入って……」

母は落ち着くどころか、どんどん不安定になっていた。

「何？　落ち着いてよ母さん。話してくれなきゃ分からないってば！」

僕は母の両肩を揺さぶりながら、母に言った。母は震えた声で一言だけ言った。

「こ、こ、こ……殺されたって……」

それだけ言うと、母はその場に座り込み、ただ震えていた。

「殺されたって……誰が？」

母の予想外の言葉に、僕は何がなんだか分からず、ただ異様な胸騒ぎと奇妙な恐怖感を覚え、震えている母を問い詰めた。

「誰が殺されたのっ！」

無意識に、僕の声は張り裂けんばかりの大声になっていた。母は座り込んだまま、震えた声のままで言った。

「金……本くん」

は？

母が何を言っているのか分からなかった。

「なんて言ったの？」

怯えている母を、問い詰めた。

「金本くんが、殺されちゃったんですって……」

「嘘だろ……」

無意識につぶやいていた。

「どうして……こんなことばかり……。母さん、怖いわ……」

涙を流しながらうろたえている母を、僕はただ呆然と眺めていることしかできなかった。

現実とは思えなかった。まだ夢の中にいるんだと思った。だけど、僕は確実に起きていて、眠っていればするはずのない瞬きを繰り返している。これは、現実なんだと理解しようとしても、どうしても実感が湧かない。

岡田に続き、井上が殺された。そして、金本までもが……。

うちのクラスばかりの死。それも、ただの死ではない。事故でも病気でもない。三人もの人間が、僕の身近な人間が、何者かによって殺されているのだ。それも、この短期間のうちに。

何が起きている？　何が？　いったい何がどうなっているんだ？

「母さん、金本にも、例のメッセージはあったの？」

心臓が、ドクンドクンと激しく鼓動していた。

「メッセージ？」

「血で書かれた、メッセージだよ……」

どうか、母の答えがノーでありますようにと、どこかで祈っていた。だって、そうでなければ……。

「あったらしいわ……。どうしましょう。もしも、悠哉が狙われたら！」

目の前が真っ暗になった。

母はまだ座り込んだまま、さらに動揺と恐怖を露わにした。僕の命の心配をし、取り乱している母とは正反対に、僕の脳裏には、昨日打ち消したはずの悠音の存在が浮かんで、消えることはなかった。

金本が、金本までが死んだ……。

頭が真っ白になっていた。考えたくない、考えてはいけないことを、考えてしまっている僕がいた。だけど、もう、逃げていてはいけない気がした。

冷静に考えてみれば、偶然にしては、おかしすぎた。

事件が起こり始めたのは、僕が悠音に出会ってからだ。悠音とコンタクトを取り始めてからだ。そして、殺されているのは、僕が悠音に話した、僕を痛めつけた奴らばかりだ。

だけど、そんなはずはないんだ！　だって、悠音は僕の下の名前しか知らない！この日本のどこに住んでいるのかも知らないんだ！　そんな悠音が、僕のために、あいつらを殺せるはずがないんだ！　だいたい、ネットで知り合っただけの人間のために、人を殺すなんてありえないじゃないかっ！

僕は、思い浮かんでしまう考えを必死に訂正しようとした。だけど、血で書かれたというメッセージ。『ゴミの処分＝エコロジー』、そして、悠音からのあのメール……。

立ちくらみがしそうなほど、頭がグルグル回っていた。

「悠哉？」

そんなはずは……。

「悠哉？」

そんなはずはないんだ……。

「悠哉？　大丈夫？」

そんなことができるはずがないんだ！

「悠哉ってば、ねぇ、しっかりしてちょうだい！」

母が僕の肩を揺さぶるまで、名前を呼ばれていたのにも気がつかなかった。

「大丈夫？」

母が涙を流したまま、僕に尋ねた。

「あぁ」

「本当に？」

「大丈夫だよ」

「でも……」

「母さん！　大丈夫だから！　お願い、一人にして！」

僕の大声に、母はもう何も言わず、黙って部屋から出ていった。僕がクラスメイトと担任の死に、よほどショックを受けているのだと思ったのだろう。

だけど、僕は、三人の死にショックを受けているわけではなかった。

僕の脳裏には、ありえるはずのない、悠音のことしかなかった。

いくら否定しても、悠音の存在は僕の中から消えなかった。それどころか、僕は、あんなにも勇気付けられ、励まされ、助けられ、救われた悠音という存在に、恐怖感までも覚えてしまっていた。

ヤダ！　嫌だ！　こんなの嫌だっ！　悠音を疑うなんて、そんなの嫌だ！　こんな自分は嫌だっ!!

「悠音……」

会ったことも声を聞いたこともない、悠音の名をつぶやき、その場に座り込み子供のように泣きじゃくった。

悠音、僕はいったい、どうしたらいいんだい？　君にこんなにも助けられているのに、君を疑うなんて……。

その日、僕は、金本が殺害されたことを知っても、悠音にメールを送ることができなかった。

岡田が殺されたときも、井上が殺されたときも、真っ先に悠音にメールをしていたのに、僕は、どうしても悠音にメールを送ることができなかった。悠音に、なんと言葉を送ればいいのか、いくら考えても思いつかなかった。思いつくはずがなかった。だって、僕は、疑ってしまっているのだから。必死に違うと自分に言い聞かせても、悠音が奴らを殺したのではないかと、疑い、その思いを消すことができずにいるのだから。

悠音は、金本の死をニュースで知ることになるだろう。そして、どうして今回はそのことをメールしてこないのかと疑問に思うか、下手をすれば腹を立てられてしまうかもしれない。

時間がたつにつれ、僕の中に生まれてしまった悠音への疑念は大きくなるばかりで、この感情をどう処理すればいいのか分からずに、ただ悩み抜くことしかできなかった。

どうしても信じたくない。

ありえるはずがない。

だけど、疑念は風船を膨らますように、時計の針が時を刻むたび、僕の中で大きくなるばかりだった。

僕は自分では解決できない疑惑に、どうすることもできないまま、死んだように丸二日もの間、部屋からもほぼ出ずに、パソコンを見ることもなく、ただ横たわり目を閉じ、暗闇に助けを求めることしかできなかった。


そんなことが、ありえるはずはなかったのだから。

そう信じたかったから。

そう信じられたら、僕はまた、悠音に絶対の信頼を置ける。

悠音との仲をこじらせないための、僕が悩んだ挙句に出した答えだった。

だけど、この選択が、さらなる悲劇を生むきっかけになってしまうなんて、僕には予想すらできなかった。

自殺まで、あと18日

二日間、僕はほとんど起き上がることもなく、ベッドに横たわっていた。

時々テレビをつけると、ニュース番組はどのチャンネルも今回の事件の特番を組んでおり、被害者になった岡田・井上・金本の顔写真が映し出されていた。僕はその三人の顔を見るたび、割れそうなほどの頭の痛みに、すぐにリモコンに手を伸ばしてテレビを消した。

このままずっと、こうして自分からも自分の気持ちからも逃げていてはいけないと分かっていた。

二日間、ずっと悠音のことを考えていた。だけど、やっぱり僕には答えなんか出せなかった。

悠音のはずはないんだ。悠音に、メールをしてみるのが一番いいんだ……！

やっと、ベッドから起き上がり、パソコンの前に座り、パソコンの電源を入れた。パソコンが起動音を鳴らしている間、ずっと僕の心臓はバクバクと暴れていた。

悠音を疑い、恐怖感までも覚えた僕なのに、悠音に嫌われたくなかった。そんな自分勝手で自己中心的な自分が本当に情けなく、腹が立った。

パソコンが起動し、ディスプレイに鮮やかな青が浮かび上がった。

メール・ボックスを開くのを、躊躇している僕がいた。

バカ！　悠音を信じるんだろう！　いつまでも弱虫なままじゃダメなんだから！

自分に喝を入れ、僕はメール・ボックスを開いた。

悠音から、三通のメールが来ていた。

一通目の件名が、『大丈夫か？』と書かれており、二通目の件名に、『俺はもう、用なしかい？』と書かれていた。『俺はもう、用なしかい？』という文字を見たときは、心が痛んだ。

だが、三通目のメールの件名には、『君もキルエコの仲間入り決定だ！』と書かれていた。

キルエコ？　なんだ？　それ……。

とにかく、僕は一通ずつ、悠音からのメールを読むことにした。

一通目のメールを開いた。

悠哉へ
ニュースで、また君のクラスメイトが殺されたって知ったよ。
いつもは君から報告を受けていたけど、君もさすがによほどショックなのかな？

だって、君は殺された奴らの死を哀しめないと嘆いていたから。欠陥人間とまで自分を追い込んでいたから。

また、自分を責めているのではないかと心配しているよ。

だけど、何度も言うけど、自分を痛めつけて苦しめてきた奴らが死んで、心から「ご冥福をお祈りします」なんて言える奴がいると思うか？

もし、言う奴がいるとするなら、俺は、そんなの偽善としか思えない。ただ心にもない言葉を述べているだけだよ。

だけど、君は違う。君は、そうならなければならないと自分を追い詰めてしまう。

だから、俺は、君が心配なんだ。

自分を責めるなよ！

連絡、待ってる。


一通目のメールは、そこで終わっていた。

『大丈夫か？』という件名どおり、一通目のメールは金本の死を知った悠音が、僕を心配し、また励ましてくれている内容のメールだった。

僕からの報告ではなく、ニュースで金本の死を知ったのに、文句も言わずに僕を心配してくれていた悠音に、胸が熱くなった。

ごめんな、悠音。

そう心の中で謝罪しながら、僕は二通目のメールを開いた。二通目のメールは、件名が件名だけあって、少し読むのに勇気が要った。

悠哉へ
俺のメール、届いているのかな?

届いているはずだよな。

なんで、俺のメールに返信をしてくれないのか、疑問だけど、俺はもう、悠哉にとって用なしなのか?

もし、そうなんだとしたら、正直、俺は腹が立ってしまうよ。

俺は、君のために、君だけのために、ゴミ処理を行ってきたんだから。

でも、きっと、君のことだから落ち込んで寝込んでいるんだろうな。

返事をくれ。

待っている。


ゴミ処理を行ってきた?

二通目の悠音からのメールを読んで、心臓が早鐘を打った。

三通目のメールを読むのが怖かった。

だが、読まないわけにはいかない。〝キルエコ〟というものが、なんなのか、二通目のメールの意味はなんなのか、確かめる意味でも、読まなければいけない。

カーソルを動かす手が、少しだけ震えていた。僕は、三通目のメールを開いた。

悠哉へ

君が俺を避けているのは、どうやら勘違いではないようだな。

正直、腸が煮えくり返ったけれど、俺なりに冷静に考えてみたよ。

君は、自分の手で、ゴミを処分したかったんだろう?

人を痛めつけ苦しめるのを楽しむ輩は、ただのゴミでしかない。この世の中、ゴミだらけだ。ゴミは処分すべき。だから、俺はゴミを処分した。そう、君のために。

俺にとっては、君へのプレゼントのつもりだったんだけど、冷静に考えてみれば、自分を痛めつけ苦しめてきた奴らを、自分の手で処分したいと思うのは、当然だものな。

悪かった。

でも、喜べ！　悠哉！　そんな君にプレゼントだ！

君を、「キルエコ（Kill-Ecology）」の仲間に招待することが決定した！

これからは、まだまだ残っているゴミたちを、君の手で処分することができるんだよ！

もちろん、全てのゴミを処分する。

君は俺の分身とも言えるほどの仲間だ。君を苦しめたゴミたちは、どんな方法を使ってでも必ず処分してやるから安心しろ！

こんなに素敵なことはないだろう？　これで、この薄汚れた世界にも、少しの平和が訪れるさ。

今日からは、君もキルエコのメンバーだ！

これで機嫌を直してくれよ。

返事、待っているからな！


三通目のメールを読み終えたときには、僕はもう、平常心ではいられなくなっていた。

悠音が……悠……音が、三人を殺していた……！

ずっと自分の中で否定し続けてきたことが、事実として明らかになった瞬間だった。

岡田も、井上も、そして金本も、全て悠音の手で命を絶たれた。そして、メールの内容からすると、悠音はまだまだ殺人を犯すつもりらしい。キルエコというのが、いったいどんな意味なのか、なぜ殺すことがエコロジーになるのか、僕には分からないことだらけだったが、ただ一つ分かっているのは、悠音は三人を殺したということだ。

僕のために。

僕のせいで。

でも、どうして悠音はネットで知り合っただけの奴のために、殺人まで犯せるんだ？

疑問だらけだった。疑問しかなかった。

悠音は、どうして僕の住んでいる街が、どうして僕が通っている学校が分かったのだろう？

岡田や井上、金本の惨殺事件を思い出した。

岡田の手を切断し、岡田の家に送った悠音。井上の首を切断し、教室の教壇の上に置いた悠音。

そして、金本は、舌を切り取られ、岡田のときと同じように、血で書かれたメッセージとともに、自宅前に置かれていたそうだ。

全身に戦慄が走った。戦慄がつま先から頭のてっぺんへと一気に伝わった。

僕が！　僕があんなブログを作らなければこんなことにはならなかったのに！

自分自身を責めると同時に、なんとしてでも、もう、これ以上の被害者が出ないように悠音を止めなければならないと思った。それが、僕の責任だ。だって、この事件の幕を開けてしまったのは、他でもない、この僕なのだから……。

でも、いったいどうすれば⁉

悠音は、僕のために殺人までも犯した。悠音のメールどおり、全て僕だけのために。

でも、ネットで知り合っただけの人間のために、あんなにも残酷な殺人を犯してしまう悠音は、正直、認めたくはないが、まともな精神状態ではない。

その悠音を、いったいどうやって説得し、これ以上の被害を出さないようにするか。考えても、そんなに簡単に答えなど出るわけがなかった。答えの出せる問題なんかではない。

無性に悔しかった。無性に悲しかった。無性に情けなかった。

あんなにも、心優しかった悠音を、僕は、殺人犯にしてしまったのだから。責任感が強く、人を励ます言葉を贈れる、そんな悠音を、僕が……。

「この僕がっ‼　僕のせいでこんなことに！　僕が悠音をっ――」

叫ばずにはいられなかった。

自殺予告とも言える自分のブログが、人を犯罪者にしてしまうなどとは、思ってもみなかった。

悪夢だったら覚めてくれ！

ギュッと目をつぶり、そう願ったが、願いを込めてつぶっていた目を開けると、何も変わらない現実がそこにあった。これはもう、現実に起きてしまっている事実でしかなかった。

「どうすればいいんだよ……」

警察が必死に捜査し、犯人を捕まえようとしている今、僕は、犯人を知ってしまった。だけど、悠音は僕のために、あんなことを犯した。悠音だけが罪に問われるのはおかしい。法律がなんと言おうとも、そんなのは僕が納得できない。

だけど、このまま放っておいて、これ以上の被害者を出すわけにもいかない。

僕が止めなければ！　僕がまいた種なんだ！　僕自身が悠音を止めなければ！

それが、僕の出した答え……、いや、決意だった。

殺人は許されることではない。どんな理由があろうとも、決して許されることではない。

だけど、僕はもうすぐ死ぬ。悠音と殺された三人を天秤にかけたら、悠音の未来を守りたいと思った。

罰は、僕が受ける。地獄に落ち、僕が受ける。だからこそ、これ以上の被害者は出してはいけない。悠音の手を、汚させてはいけない。あの、天使のような、救世主であった悠音を、これ以上変えてはいけない。

悠音が僕のためだけに手を汚したならば、僕が悠音にやめてくれと頼むしかないと思った。悠音は、僕のために、僕のためだけに、こんな事件を引き起こした。自意識過剰でもなんでもなく、悠音は、僕を守ってくれようとしている。それは、悠音が、僕を好きだからなのだろう。僕が悠音を好きなように、大好きなように、悠音も僕を好きでいてくれる。その僕が、悠音に「もうやめてくれ」と頼めば、きっと、悠音は……。

とにかく、早く悠音にメールを送らなくちゃ！
パソコンの前に座った僕は、悠音へメールを送った。
キーボードを叩く指は、いつにも増して速く動いた。

悠音へ
メール、ずっと返信できなくてごめん。
悠音、君が、岡田、井上、金本を殺したの？
僕のために、僕なんかのために、悠音、本当に君があの三人を殺したの？
もしも、事実であれば、どうかもうやめて！
もう、悠音の手を汚させたくないんだ！　悠音にそんなことをさせたくはないんだ！
だから、お願いだから、もうこれ以上やめてくれ！
僕のことを思ってくれているのならば、お願いだからやめてくれ！

それに、キルエコというのも、僕には理解できないよ……。
キルエコっていったいなんなんだ？　僕が入会って、いったいどういうことなの？
さっぱり意味が分からないよ。
だけど、君が、僕のために殺人を犯したというのだけは理解できたよ。
だから、必死の思いで僕は君に頼んでいるんだ！
お願い、悠音。
悠音、これ以上罪を重ねないで！　こんな僕のために、罪を重ねないで！
どんなことがあっても、どんな理由があっても、人が人を殺してはいけないんだよ！
だから、お願い。もう、やめて！
悠音！　人間は、どんなに汚れた心の持ち主であっても、ゴミなんかじゃないんだ！
早く、目を覚まして！
早く、元の悠音に戻って！

本心だった。今までも、悠音には本心のメールしか送っていなかったが、どこか、強がって平気なフリをしていたのかもしれない。
でも、この悠音に宛てたメールは、僕の必死の願いと、まったくの本心だった。これほどまでに、悠音へ必死の願いを込めたメールを送ったことはなかった。

お願いだから、どうか、僕の気持ちを分かって！

悠音が好きだから、大好きだから、もう、これ以上こんな残虐なことを犯してほしくない。大好きな人の手を、自分のせいで汚したくなんかない。

お願いだから……悠音……お願いだから……。

『相手先に送信されました』というディスプレイの文字に向かい、必死に願っていた。

テレビをつけると、金本の惨殺事件が大々的に報じられていた。岡田、井上に続く金本の死で、完全に標的を絞った連続殺人事件だと騒がれていた。テレビのコメンテーターが、『なんの罪もないこの三人の被害者には、本当にお悔やみ申し上げます。今後、彼らのクラスメイトが心配ですね。どう考えても、この犯人は、異常者だ！』などと分かったふうに言っていた。

テレビ画面には、金本の母親が、顔をぐしゃぐしゃにして泣きじゃくっている姿が映し出されており、金本は、完全なる被害者になっていた。

岡田のときも、井上のときも、被害者側になったあいつらは、生きていた頃、どんなに卑劣な奴だったかなど報道されず、『罪なき命が……』などと善人のように扱われていた。僕は、コメンテーターの一言一言に無性に腹が立ち、すぐにテレビのリモコンを手にし、テレビを消した。

テレビニュースの騒ぎようにも、悠音のことにも、僕自身のことにも、考えなければならないことが多すぎて、ずっと頭はパンク寸前だった。

そして、普段そんなに使っていなかった脳をフル回転させているせいか、ずっと体がだるく、異様な眠気に襲われていた。

体が、拒絶反応を起こしているのか、それとも、現実逃避をしたいのか、僕には分からなかった。ただ分かるのは、この現実から逃れたいという、弱虫の僕の気持ちがあるということだけだった。

僕のせいで、僕のためだけに、悠音が犯罪に手を染めたというのに、この期におよんで僕は、僕のことしか考えられない。そんな自分が、ひどく汚い生き物のような気がして、吐き気すら覚えた。

死に値するのは、この僕だっ！

心の奥底から染み出した、腐った墨汁のようにドス黒い液体が全身に回って、僕を汚物化させていく。浅い呼吸を繰り返し、僕はベッドに横たわった。

胸騒ぎは、加速するばかりだった。

このままでは終わらない……。

たとえ、僕が死んでも、このままでは終わりはしない……。

それだけは、預言者のように断言できた。

悠音、君に聞きたいことがあるんだ。
僕はいつも、君を苦しめて困らせてばかりだったけど、
悠音、君は、僕を、好きでいてくれたのかな？
僕のことを本当に本気で、好きでいてくれたのかな？
こんな僕を……。

自殺まで、あと17日

あんなに不眠症に苦しんでいた僕なのに、このところの信じられない衝撃的な事件が重なり、また、その犯人を知ってしまったからか、僕は昨日、ベッドに横たわると、そのまま深い眠りに落ちてしまったらしかった。

それでも、体はだるく、起き上がるのにずいぶんと時間がかかった。

昨日、悠音にメールをしたことを思い出し、僕は這いずるようにベッドから抜け出し、フラフラともつれるような足取りで、パソコンの前に座った。

パソコンが起動する。心臓が暴れていた。悠音は、僕の願いを聞いてくれるだろうか？　それだけ考えるだけでも、胃が押し潰されるように痛かった。

パソコンが起動し、僕はすぐにメール・ボックスを開いた。

悠音から、返事が来ていた。

以前、悠音のメールをあんなにも楽しみにしていたのに、今は、悠音のメールを読むのが怖かった。

だけど、読まないわけにはいかない。僕は、なんとしてでも、この事件をこれ以上拡大させず、最悪の事態を回避するためにも、もう、逃げることは許されない。

痛む胃を押さえながら、僕は自分自身にそう言い聞かせ、悠音のメールに目を通した。

悠哉へ
君はどこまでもお人よしなんだな。

なぜ、君を散々痛めつけてきた輩が罰を受けちゃいけないんだい？

俺には、君の気持ちがさっぱり分からないよ。

でも、君のことだ。俺のことを考えてくれたからこそ、あんなメールをよこしたんだろう？

俺が、警察に捕まらないようにと。

でも、安心しろよ！　俺を、誰だと思っているんだ？　抜かりはない。計画は完璧だ！　君が心配しているようなことは起きない。完全犯罪を成し遂げてやるから、安心しろ！

約束してやるよ！

それに、キルエコについても、説明が足りなかったみたいだな。

キルエコは、人間の皮を被っただけの、人間失格のゴミを処分する団体だ！　ゴミは処分されて当たり前だろう？　人間も、いろんな方法で、草木などの肥料になるからな！

今の世の中、どんどん自然が破壊されている。クソッタレの自分本位の人間たちのせいでな！

でも、ゴミの処分で、草木などが少しでも蘇るなら、役に立つなら、ゴミも最後に役に立つってもんだよ。

だから、キルエコ＝エコロジーなんだ。

分かってくれたかい？　理解が難しいと思うから、分からないことがあったら聞いてくれ！

安心しろ、悠哉。君を痛めつけ、笑い者にしたゴミたちは、俺が必ず全員処分してやるから！

そう、一人残らず全員なっ！

だから、悠哉はなんの心配もしないで、全て俺に任せて、安心しててくれよ。

俺からの、プレゼントだ！

大丈夫。何も心配することないからな！

悠音のメールは、そこで終わっていた。

僕は、絶望感に押し潰されそうになりながら、頭を抱えた。

僕が昨日悠音へのメールにこめた必死の願いは、悠音には届かなかった。それどころか、悠音は完全なる殺人予告を送ってきた。

もう、悠音を止められる自信がなかった。

だけど、誰に相談できよう？　日に日に騒ぎが大きくなっているこの事件の犯人が悠音で、これからも殺人を犯し続けると宣言しているなどと、誰に相談できよう？

だが、これはゲームではない。現実に起きてしまっている殺人事件なのだ。現に、もう三人の命が奪われている。

それも、非常に残虐な方法で……。普通の精神状態では、絶対にできないことだろう。

悠音は本気だ。冗談でもなんでもない。確実に、メールの内容どおり、殺人を犯し続けるだろう。キルエコという、訳の分からない団体とともに……。

「どうすりゃいいんだよっ‼」

夢だったら、悠音のメールが全て冗談だったら、僕を驚かすためのドッキリだとしたら、どんなにいいだろう。

だけど、紛れもなく、これはもう、逃げられない現実なんだ。夢でもなければドッキリでも冗談でもない。

「どうすればいい、どうすれば！　どうすりゃいいんだよっ‼」

僕は壁に思いっきり頭をぶつけ、叫んだ。叫ばずにはいられなかった。もう、僕の精神状態は普通じゃなくなっていた。冷静に物事を考えることも、対策を練ることもできなかった。

だけど、僕が考えなければ、いったい誰が考えるというのだ。僕のせいで、僕が自分から志願した奴隷の日々に耐えられなかったせいで、あんなブログを作り、自分の弱音を吐いたせいで、この事件は起きてしまった。

僕は、僕の人生を狂わすだけではなく、悠音の人生までも狂わせ、そして、三人の命を奪ってしまったのだ。

しっかりしろ！　考えろ！　なんとしてでも、僕が止めなきゃいけないのだから！

一番恐れていた、悠音に嫌われるかもしれないという心の痛みに耐えながら、僕は悠音にメールを返信した。僕だけのためじゃない。悠音のためにも、こうしなければならないんだと思った。

件名に、『分からない。分かりたくもないよ』と文字を打っただけで、涙がとめどなく流れ落ちた。

できることならば、こんなメール送りたくなんかない。だけど、送るしかない。選択肢はないのだ。

僕は、涙を流しながら、悠音へ僕の気持ちが今度こそ届くようにと願いながら、メールを作成した。

悠音へ
僕の必死の願いは、君に届かなかったみたいだね。僕は、それが残念で仕方ないよ。

どんな理由があろうとも、君が僕のためにとしてくれたことは、間違っている。

それは、僕のためにはならないんだ。

昨日送ったメールは、僕の本心だ。君のことを考え言ったわけではない。僕の願いだ。君なら分かってくれると思っていた。

なのに、どうして？　どうして分かってくれないの？

僕は神様なんて信じてはいないけれど、悠音、君は神ではないんだ。人間が人間を殺すなんて、そんなのは大間違いでしかない！

君が今まで僕を支えて元気づけてくれたこと、勇気をくれたことは本当に感謝している。

でも、君が僕のためにと行った行為は、僕のためになんかならない！

僕は、そんなことを望んでなんかいないんだ！

キルエコという団体のことも、僕は分からないし、分かりたくもない！　人間がゴミなはずがないじゃないか！

人間をゴミと判断し、殺害する、それがエコロジーだなんて考えを持っている団体は、狂っているとしか思えないよ！

悠音、君みたいな心根の優しい人が、どうしてそれを理解できないの？

君は、残っているクラスメイトもゴミと呼び、処分すると言ったけれど、人をゴミ扱いし、処分という言葉で殺人を犯すなんて、おかしすぎるよ！

悠音、僕は、君が好きなんだ。親友だと思っている。生まれて初めてできた親友だと……。だからこそ、悠音にこのメールを送っている。

今度こそ、僕の願いが届きますようにと祈りながら、このメールを書いているよ。

悠音、僕は君が好きだから、大好きだからこそ、このメールを送っているんだ！

お願い、分かって……。

だから、お願いだから目を覚まして！

君は、間違っている！

僕は絶対に、キルエコなんていう団体には入らない！

悠音、お願いだから、お願いだから、目を覚まして！


メールを作成している間、僕の目からは涙が溢れて止まらず、ディスプレイが滲んで見えた。

悠音をおかしくさせてしまったのは、この僕なんだ！　どんな方法を使ってでも、あの心優しい、誰よりも澄んだ心を持っている悠音に戻さなければ！

メールを送信するとき、僕は、僕自身にそう誓った。

この世には神も仏もいない。もし、本当にいたのであれば、なぜ、こんなにも哀しい世界になるのだろう？　神が創ったと言われている僕たち人間は、神のおもちゃでしかないように思う。だけど、もしも、悠音に僕の願いが通じたならば、僕は生まれて初めて、神の存在を信じるだろうと思った。

勝手だけど、そう思った。

だけど、僕はまだ気づいてもいなかった。

悠音だけではない、僕自身の変化に……。

＊

「おま……え、誰…だ？」

確かに知っている奴なのに、俺は口走っていた。

「誰……なんだよ！　俺を、どうするつもりなんだよっ！」

「あったま、悪いねぇ～、君。まぁ、最初っから分かりきっていたことではあるんだけどさぁ」

地獄から抜け出してきたとしか思えない、悪魔の笑い声が響き渡った。

「おおおおお、お前が……、あ、あ、あ、あいつらを?」

「お!　バカだけど、少しは察しが良いようだな」

クックックッとニヒルな笑いを浮かべ、男が言った。

「俺のこと……まで?」

男の口元には笑いが浮かんでいる。恐怖に、戦慄の渦に、逃げられないと分かりきっているこの状況に……。漏らしそうだ。

「あぁ～～あ!　君さぁ、幼稚園からやり直したほうがいいんじゃないの?　おしっこはおトイレでするもんでしょ～が?」

喉元にしっかりと当てられたナイフの光を見たときには、すでに俺は放尿してしまっていた。

「や、や、や……やめろぉぉおおおおおお!!」

男が俺の漏らした尿を手にべったりくっ付け、俺の顔中に塗りたくった。

「なんでぇ～?　自分のでしょ～?　自分でお片付けしましょうね～」

幼児に言い聞かせるように、男はまんべんなく、手にべったり付いた尿を俺の顔に、頭に、口の中に入れる。

「な、な、なんでもするから！　だから、殺さないで！」

「勝手だな」

命乞いする俺に、男がため息を吐きながら言った。

「本当になんでもするから、だから、だからさ！」

男の笑いが、一瞬止まった。

「察しは良いけど、往生際は悪いみたいだね」

男の目が、深く被った帽子からわずかに見えた。

誰だ？　コイツ……。アイツじゃないのか？

男の目は、死んでいた。何も恐れなどないその目に、善など微塵も感じられないその目に、一瞬にして悪寒が走った。

「殺さないで～～～!!」

恐怖のあまり絶叫する俺に、男の高らかな笑い声が響く。

響く。

響く。

響く。

遠くまで。

俺の中の、遠くまで。

「いいこと、最後に教えてあげるね」

男が手に持っていたナイフは、俺の喉元から耳へと移動した。

「この世の中にはね、クソッタレしかいないんだよ。頭の悪ぅ〜〜〜い、クソッタレどもしかね」

「俺を、どうする……つもり…ですか……」

「ホォ〜ラ、やっぱし、頭の悪いクソッタレだな。人がせっかく教えてやってんのに、そのお耳は何も役に立っていない。そんな役立たずなものはさ、ゴミでしかないよね？」

体が震える。怖さで、何も言うことができない。

「役立たずだよね？」

「……」

「ねぇ、聞いているんだよ？　聞こえてないの？」

「ききき、聞こえています」

「じゃぁ、もう一回聞くよ？　その耳はさ、役立たずだよね？」

「ははっはははははっはははは……はい」

男の気分をこれ以上害してしまったら、俺はどうなるか分からない。俺にノーと言う選択肢はない。

「なんだ、分かってんじゃん。じゃぁ、これ、やっぱゴミなんだね」

「え?」

「ゴ〜ミ!　だね?」

「え、え、え、ちょっちょっちょ!!」

「ゴミはさ、ちゃんと、ゴミ箱にね」

男の手に力が入る。耳に鋭い痛みが走る。

「や、や、や、やめてぅれぇぇ!!」

「だって、ゴミだからさ。ゴミがキレイに捨てられないバカどものせいで、地球は汚染されてるんだから」

痛みが増す。激痛が、俺から声を取り上げた代わりに、全身に痙攣のような震えを残した。

「痛いかな〜?　痛いわけないよね〜?　だって、ゴミだもんね〜」

「ううぎゃあああああ!!」

地面に落ちた自分の耳たぶを見た瞬間、失った声はすぐに俺の元へ戻った。

「痛い〜?　痛いの〜?　ウフフフフフ。なんだか、死にぞこないの蟻んこみたいだね」

激痛にあえぎ、血の海で転がり続け、苦しみを全身で表す俺の髪を男は思いっきり引っ張り、反対側の耳にナイフを当てた。

「あ、あ、ああう」

「ゴミはね、ゴミ箱に捨てよ～ね♪」

怖い！　男が笑っている。男の悪魔の笑い声しか聞こえない。

「はい、バッハハ～イ。ばい菌く～ん♪」

「うわうわっ！　うっぎゃぁぁぁぁああああああ!!」

反対側の耳たぶが、地面に落ちた。

こ、こ、こ、殺される!!

「いっちょ、あぁ～がり」

男の口元が、そう言っていた。

こいつは……

こいつは……

こいつは誰なんだ……！

「どうしたの？　そんなに怯えちゃって～」

男が言う。

「殺さない……で」

男が笑った。暗闇の中、男の笑い声だけが響いていた。目の前がかすむ。どんどん

視界がぼやける。

た・す・け・て……。

自殺まで、あと16日

僕は、悠音にメールを送信してから、表現できない不安と恐怖にかられ、夢の中でも悠音の姿を探しているような気がした。目を開けたときにはすでに朝日が部屋の中へと射し込んでいた。僕はすぐに起き上がり、パソコンの前に座った。

いつも、悠音は夜中にメールを送ってくれている。僕は、どうか悠音から返信がきていますようにと願った。その返信が、僕の思いが通じたものでありますようにと祈りながら、パソコンの電源を入れた。

よく、漫画や映画、小説などで、心臓が口から飛び出るなんて表現をしているが、まさに今の僕はそんな状態だった。

メール・ボックスには、願いが届いたのか、悠音からの返信があった。件名に『プレゼント』と書かれていた。

悠音！

やっと、僕の願いが通じたのだと思った。僕の気持ちを理解してくれたのだと思った。

悠音は、もともと心根の優しい人間だ。その悠音が、三人の命を奪ってしまった。

でも、悠音はきっと、苦しんでいたのだと思う。三人の命を奪ったことを、悔やみ、そして苦しみ続けているのだと思う。それこそ、誰にも言えずに、孤独と闘いながら、自分の犯した罪に押し潰されそうになりながらも、僕のためにと、善と悪に挟まれて苦しみ続けていたのだと思う。

大丈夫だよ、悠音。君が僕を孤独から救ってくれたように、僕が君を守るから。

僕の命は、あとわずかだ。そのわずかの時間の中で、僕を救ってくれた悠音を完璧に守る方法は、もう、思いついている。

悠音を救うには、僕が……。

トントントン。

メールを開こうとした瞬間、ドアが叩かれた。

「はい」

「悠哉、入るわよ」

母はそう言うと、部屋のドアを開けた。

「何？　母さん」

「今、学校から連絡が来てね、井上先生の事件の捜査も終わったから、明日から授業を再開するらしいわ」

「そう」

「悠哉、大丈夫？」

母が、僕の顔を見て言った。

「何が？」

「顔色が、とても悪いわ。行きたくないのなら……」

「行くよ」

母の言葉を遮り、短くそう述べた。

「だけど、不安でしょう？」

「何が？」

母の質問の意味が分からず、聞いていた。

「だって、犯人はまだ捕まってないじゃない。それなのに、授業を再開するなんて……」

「でも、うちは進学校だからね。いつまでも休ませておくわけにはいかないんじゃない？　僕たちの勉強も、ずいぶん遅れてるし……」

「でも、もしも何かあったら……」

「出席日数が足りなかったら、内申書に響くよ。母さん、僕に国立大に行ってほしいんでしょ？」

「それは……そうだけれど……」

『こんな成績じゃ、国立大なんか行けないじゃない！』。僕のテストの結果を見るたび、毎回言っていた母の言葉だった。そして必ず続く。それは口癖のように。『こんなんじゃ、お父さんのようになってしまうわよ！』と。

僕はその言葉を聞くたび、父がどうして他の女性に癒しを求め走ってしまったかがよく分かる。母にとって、父とはなんなのだろうと、父に対する母の態度を見ていてよく思った。

『どうして分かってくれないの？』『どうして私ばっかりに！』『あなたは何をしてくれてるって言うのよ！』

父の顔を見れば、父の愛情が自分から離れていることを感じている分、母は父に不満ばかりを訴えていた。愛されたいのに、愛され方を忘れてしまった女。愛されたいのに、愛されるのが当たり前だと勘違いしている女。それが自分であると、どうして母は気づけないのか？

愛されたくて仕方ない母は、空回りばかりし、結局一番ほしいものを手に入れられず、その代わりに僕に対して過剰な期待と束縛をする。

僕は父さんじゃないっ！

何度そう言おうとしたか分からない。

だが、父を最後に見たとき、父の中に母への愛情は微塵も残されていないことは一目瞭然だった。それでも、愛されたい願望を自分の中で消化できずに、どんどんこの家の中で孤立していく母が、僕には惨めで、可哀相に思えた。

右から左に聞き流せばいいだけだ。

そう自分に言い聞かせ、僕は、母に反抗することはなかった。だが、その代わり、母の言うことを聞き入れているフリはしていても、実際はまったく母の話など聞いていないのが本当のところだった。

「明日から学校でしょ？　大丈夫だよ。僕、行くから」

「そう？」

「心配しないで、母さん」

母は、複雑な顔をしていた。母にとって唯一の生きがいである僕。母の唯一の望みである僕。母にしてみれば、その僕が殺されでもしたら、夢も望みも生きがいもなくなる。母は、きっとそれが怖くて仕方がないのだろう。僕がいなくなれば、見えないフリをし、気づかないフリをしている現実を、見なくてはいけないのだから。僕がいなくなったら、母は光を失うのだから。

母さんの、着せ替え人形みたいだな。

そんなふうに思っていた。夫に愛されなくなった妻が、唯一自分の〝妻〟としての立場を保てるものは、〝子育て〟なのだろうから。

昔、なんかの本で読んだことがある。

息子は、母親にとって、最後の恋人なのだと。

それは母性愛という意味で書かれていたのだろうが、僕はその文章を読んだ瞬間、嫌悪感を覚えたのを、今でもハッキリと覚えている。

僕には僕の人生があり、僕には僕の意思がある。

だけど……。

母にとっての唯一の光である僕が、あと半月で死ぬ。僕はもうすぐ、母を裏切る。だからか、僕は以前よりも母の顔を見ることができるのだろう。もしそうでなければ、僕はとっくに母を突き離している。父の代理も何もかも、全てを拒絶し、母がいくら落胆しようとも、僕は母を拒絶していただろう。

それでも、そうできなかったのは、やっぱり母が好きだからだった。口うるさくとも、過剰な束縛をする母に不満はあっても、それでもやはり、僕は母の子で、僕は母が好きなんだと思う。だからこそ、どんな状況下に置かれても、母に心配をかけたくない気持ちがどこかにあって、それだからこそ、僕は母に何も言うことができないんだと思った。

「大丈夫だよ、母さん」

何も言えずにうつむいている母に、言った。

「え？」

僕の言葉で、母が顔を上げた。

「授業を再開するってことは、もう安全だって学校が判断したってことでしょう？」

「でも、三人を殺した犯人は、まだ捕まっていないのよ？」

母の声が、一オクターブ高くなった。これも、母の癖だ。母は心配事を自分の中に溜め込みすぎる。そして、考えすぎる。だが、もう自分だけでは抱えきれないほどの心配事が自分のキャパからはみ出たとき、興奮状態になり、声が一オクターブ高くなるのだ。

「だけど、学校側だって、警察に相談して決めたんだと思うよ。もしも危険ならば、再開なんてできないでしょう？」

「そうだけど……」

そう言うと母は、両手の親指を交互にモジモジと動かした。これも母の癖で、自分の中に溜めているものが完全に消化できなくなったとき、無意識に母はこの仕草をする。

なんだ、僕、自分では何も分からない奴だと思ってたけど、僕も意外に周りを観察できてるんだな。

フッと、小さく笑った。

「何？」

僕の笑いを見た母が言った。僕は説明するのが面倒で、話を元に戻した。正直、一刻も早く母にこの部屋から出ていってほしかった。そして、一秒でも早く、悠音から送られてきたメールを読みたかった。

「大丈夫だよ」

母の不安を取り除けるようにと、僕は微笑んで見せた。

「本当に大丈夫かしら？」

「あぁ」

うなずきながら答えた。

「そう」

それだけ言うと、母はまた黙りこくった。

「ごめん、母さん。ちょっと調べ物してるから、もういいかな？」

少し微笑みを浮かべ、母に言った。

「ええ。じゃぁ、明日からまたお勉強頑張ってね」

僕の笑みを見て安心したのか、母はそれだけ言い、部屋から出ていった。母が一階に下りたのを確認してから、僕は悠音のメールを開いた。

「うっうわぁぁぁああああ!!」

メールを開いた瞬間、両耳をそがれ、喉元を切り裂かれた死体画像が映し出された。

「うわっ！　うわ！　うわぁあああ!!」

あまりの恐ろしさに、僕は椅子から滑り落ち、そのまま腰を抜かした状態でパソコン画面から這うようにして後退った。

画像の上に、一言だけのメッセージがあった。


偽善者ぶるなよ。


「ど、ど、どうして！　どうして！　どうしてなんだよ、悠音っ！」

その画像に映っている死体が、偽物でもなければ、どこからかダウンロードしたものでもないことは明白だった。

画像の中で無残な姿に変わっていたのは、同じクラスの内山忠だった。似た奴でも、合成写真でもない。この画像は、確実に内山の最期の姿だ。僕は、悠音を説得するどころか、悠音に火をつけてしまった。

悠音を、本物の悪魔にしてしまった。

「ど……して。どうして……こんなことができるんだ……」

恐ろしさは消えるどころか増すばかりで、僕は全身の震えを止めることさえできないまま、腰を抜かした状態でパソコン画面を観ていた。怖かった。初めて悠音に対して、ここまで激しい戦慄を覚えた。

悠音は、もはや、人間の姿をした怪物になってしまった。

いや、怪物なんて言葉じゃ追いつかない。悠音は、真の死神になってしまったんだ。真の死神と化した悠音に目をつけられたものは、必ず抹殺されるだろう。悠音の標的になってしまった者は、どんなに逃げても、逃げられはしない。

悠音は、必ず標的を殺す。

必ず。

そう、必ず。

どんな手を使っても、必ず……！

「悠哉！　どうしたの！　悠哉！」

ドアがノックされる音が響いた。

「悠哉！　何かあったの？　悠哉！」

ドンドンドンと激しくドアが叩かれる。

「開けなさい！　悠哉！　ドアを開けてちょうだい！」

母はさらに大きな音を立ててノックしながら叫んだ。

「なんでもない！　いちいちうるさいんだよっ！　放っておいてくれ！」

ノックの音が止まった。小さな声で僕の名をつぶやく母の声が聞こえた。今まで反抗期などなく、母の言うとおりに過ごしてきた僕の初めての反抗に、母は多大なショックを受けたようだった。

だが、僕は今、母にまで気を配る心の余裕などまったくなかった。

しばらく母がドアの前に佇んでいるのが分かった。母は躊躇しながらも、もう一度僕の名を呼びながら、ドアをノックした。

「悠……」

「うるさいうるさい！　放っておけって言ってるのが分からないのかよ！」

母はもう何も言わずに、リビングに下りていった。

とっさに出た自分の大声に驚きながらも、目の前の恐怖に、僕はどうすることもできずに、荒れた呼吸のまま震え続けていた。

戦いになるのだと、そのとき僕は初めて気づいた。

悠音を説得するなどと、悠音は僕が守るなどと、甘いことを考えている場合では、もうなかったのだと、このとき僕は初めて気づいた。

これは、戦いなのだと。

気づくのが遅すぎた僕。

天使を悪魔に変えた僕。

目の前の宣戦布告に、僕の目から涙が零れ落ちていた。

自殺まで、あと15日

その夜、一晩中僕は眠ることもできずに、どう悠音と戦えばいいのか、本当に戦うしか道はないのか、そればかりを考えていた。

夜中ずっと、悠音からメールが来ないかとメールチェックをしたが、悠音からは朝になってもメールは来なかった。

また、どのテレビニュースでも、内山の死を報道されていないことを考えると、内山の死体はまだあの画像のまま、どこか人目に付かない暗闇に放置されているのだろう。

もう、これ以上悠音に罪を重ねさせない、絶対に阻止すると誓ったくせに、僕は何もできなかった。頭で考えるだけで、何もできず、結果、四人目の被害者を出してしまった。

腸が煮えくり返っていた。悠音へではなく、僕自身に。無力すぎる僕自身に。

と同時に、あんなにも残虐な殺し方をし、それを正義だと思い込んでいる悠音に、僕は恐れを抱いていた。

僕のせいで、悠音が変わってしまったのだ……。

だけど、僕はもう、正直悠音が怖くて恐ろしくて仕方なかった。化け物と化してしまった悠音と戦うことは免れないけれど、化け物相手に勝算はないと思っていた。

それでも、僕は、戦うしかない。

それでなくては、僕がこの世に生きてきた意味がないと思っていたし、死ぬ前に一度だけでも、命をかけて守るべきことを成し遂げたいと思っていた。

もう、自分を責めて落ち込んでいる暇はなかった。悲劇のヒーローを演じている時間など、僕にはもう、一秒たりとも残されていないのだ。

僕は、最愛の親友であった悠音を、敵に回した。だが、これは普通の喧嘩なんかじゃない。相手は、残虐な方法で次々に人を殺める殺人鬼と化してしまった悠音。いくら説得しても、もう通じないと分かっていた。殺人鬼との戦いを告げる鐘はもう鳴っている。

ならば、僕は僕のやり方で、悠音と戦うしか、もう、道は残されていない。それでもまだ、心のどこかで、悠音と和解できる方法はないのかと、考えている自分がいた。

切り捨てよう、そう思っても、悠音の存在は僕の中に消えない染みのようにこびり付いていて、僕の中から悠音を消すなんて、ましてや戦う敵同士になるなんて、それは僕にはあまりにも残酷すぎて、ゴチャゴチャになってしまった頭の整理さえ付けられずにいた。

悠音！　君は僕に、いったいどうしろというんだっ!!

見たくないのに、目にしたくないのに、僕はフリーズしたパソコンのように、その場に固まったまま、死体画像を眺めていた。

見ている時間が長ければ長いほど、呼吸は乱れていく。

悠音は、殺人をやめるつもりはない！　これは、悠音から僕へのメッセージなんだ！

どんどん乱れていく呼吸は、次第に体中に痺れを起こし、僕はその場に倒れこんだ。

倒れこみ、パソコン画面から目を離せたことにより、三十分ほどで呼吸は元に戻った。

トントントン。

「悠哉？」

ノックとほぼ同時に、母が僕の名を呼んだ。

僕は三回深呼吸を繰り返し、冷静さを保ってから返事をした。

「大丈夫だよ。昨日はごめん」

「そんなことはいいのよ。それよりも、今日学校だけど、悠哉、アナタ、行けるの？」

学校……。

すっかり忘れていた。以前は、学校の悪魔たちのことしか頭になかったのに、今、僕の頭の中を支配しているのは、悠音のことだけで、学校のことなど考える余裕すらなかった。

そこまで悠音に依存し、悠音に救われ、悠音なしではいられない僕だったたってことか……。

「行くよ」

母に言った。

「大丈夫?」

「大丈夫だよ。心配しないで」

引きつった笑みで母に言った。

「そう。じゃぁ、そろそろ起きなさい」

母は僕の引きつった無理矢理な笑みにも気づかず、部屋から出て行った。

足はカタカタと震えていたが、立てないほどのものではなかった。

僕は大きく息を吸って吐いてから、パソコン画面に目を向けた。死体画像が生々しく映し出されていた。

母がパソコン画面を見ないで良かったと思っていた。

僕はパソコンの前に座り、悠音へ返信した。

悠音が僕にたった一言述べたように、僕も、たった一言だけ述べた。

その一言しか、もう、思いつかなかった。

悠音へ
　君は、もう、人間じゃない。

悠音にメールを送信した瞬間、僕たちは、終わったと思った。

会ったこともないけれど、唯一の心の友だった悠音。

何も隠さず、全てを打ち明けられた僕の親友。

孤独に蝕まれそうになったとき、そんな僕を暗闇から引っ張り出してくれた悠音。

何ヶ月も眠ることさえできなかった僕に、安眠を与えてくれた救世主、悠音。

その悠音と、とうとう決別のときが来てしまったのだ。

「サヨナラ……悠音……」

そっとつぶやいてみた。涙がとめどなく落ちて、嗚咽が止まらなかった。

だけど、決別し、これから悠音との戦いが待っている。僕はそのために、戦闘態勢を整えておかなければならない。メンタルな部分を、特に。

「あ」

今日から学校だというのに、僕はまだパジャマのままで、急いで制服に着替えた。

朝ごはん、食ってる暇はないな。

♪ピンポーン。

制服のネクタイを首に巻いているとき、インターホンが鳴ったのが分かった。

♪ピンポンピンポンポンピンポンポンピンポーン。

ずいぶんと不躾なチャイムの鳴らし方だな。

インターホンで、住んでいる住人にここまで不快感を与えるのも難しいだろうに、いったい何者だろう。僕は急いでネクタイを締め、部屋の窓から外を覗いた。

「な……なんだよ！　これ…なんなんだよっ!!」

玄関先に、五、六人の男たちが、母に何やら問いかけていた。男たちはそれぞれ、カメラや手帳などを持っていて、一目でマスコミの人間であることが分かった。

「なんで、マスコミがうちに？」

僕は、鏡さえ見ずに、寝起きのボサボサの頭のまま、階段を駆け下りた。だが、「悠哉！　部屋に行ってなさいっ！　早く！」という、今まで聞いたことのない母の迫力のある声に、僕の足は反射的に止まった。

その瞬間、カメラのフラッシュの嵐が僕に襲い掛かった。あまりの眩しさに、腕で目を覆うようにその場に立ち尽くすしかできない僕に、フラッシュの嵐は止むどころか、威力を増して僕を襲った。

「やめてください！　何をしているんですか！　息子は関係ありません！　やめてっ！撮らないでください！　息子が何をしたっていうんですか！　息子を撮らないで！」

カメラマンらしき男に、母が怒鳴った。それでも、フラッシュの嵐は止むことなどなかった。

「悠哉！　部屋に行ってなさいっ！」

母の大声に圧倒され、僕は階段を駆け上がりかけたが、男が僕を呼び止めた。

「悠哉くん？　君が悠哉くんかな？　そうだよね？　ちょっとお話聞かせてはもらえないかな～？」

記者らしき男が、右手にボールペン、左手に手帳と録音機らしきものを持って、僕の名を呼んだ。

「やめてください！　息子を巻き込まないでください！　警察呼びますよ！」

母の怒声が、さらにヒートアップした。

「どうしてですかぁ？　やましいことがなければ、お話聞かせてもらっても問題ないでしょうが」

男が母に向かって言った。口元に、勝ち誇った笑みを浮かべたのを、僕は見逃しはしなかった。

「息子は関係ないんです！　ですから、お話をすることもありません！　お引取りください！」

母も負けじと男に言った。

だが、男は僕から視線を逸らさなかった。

「悠哉く～ん、三人の被害者が君の学校で出ちゃったよね？　犯人は君だってネットで今大騒ぎになってるんだけど、事実を聞かせてはくれないかな～？　君、三人、殺したの？　だって、恨んでたんでしょう？　こっちはね、聞き込みに回って、たくさんの証言をもらってるんだよ。君、殺された三人からイジメに遭ってたんでしょう？どうなのかな？　とっさに殺しちゃったんじゃないのぉ？」

「僕が、殺したっていうんですか……？」

とっさに口から言葉が飛び出していた。

カメラのフラッシュが、再び僕を襲った。

「悠哉！　いいから早く部屋に戻りなさい！」

つい男の質問に答えてしまった僕に、母が怒鳴った。

「違うの？　君は殺してないの？　本当のことを教えてほしいんだよ！」

「僕は……」

「悠哉！　二階に上がってなさい！」

母が僕を睨みつけ、命令した。

「どうしてですかぁ？　お母さん。本当のことを息子さんに聞きたいだけなんですよ～、我々は。別に息子さんをイジメてるわけでも、お宅に嫌がらせをしているわけでもないじゃないですか。ね？　だから、息子さんに話聞かせて……」

「いい加減にしてよ！　うちの息子が人を！　ましてやお友達や先生を殺せるわけないでしょ！　もう、本当にいい加減にして！　今すぐ出ていってください！　迷惑です！　もう二度と、お越しにならないでくださいっ！」

　母が、ものすごい剣幕で記者の言葉を遮った。

　母はきっとこれから先の人生でも、こんな大声を出すことはないだろうというくらいの怒声を放ち、記者の男を玄関から力ずくで追い出すと、家中にあるテレビの電源を全て切った。

　母の背中が泣いていた。涙は見えなくとも、母の背中が泣いていた。その哀しみが、僕が辱めを受けたことによる悔しさなのか、それとも、信じきっていた息子に思いもしなかった嫌疑がかけられている動揺からなのか、ご近所に対する世間体なのか分からなかった。僕は息子なのに、母の嘆きを理解できないことが、なんだか無性に哀しかった。

　僕のせいで、また一人、今度は母を哀しませてしまったのが辛かった。申し訳ない気持ちでいっぱいだった。

　ごめん、母さん。嫌な思いさせちゃって、本当にごめん。

　母の背中に心で謝った。

だけど、母は全力で僕を守ってくれた。言い切ってくれた。僕に、人を殺せるはずがないと、母は言い切ってくれた。それが、何よりも嬉しかった。母が、僕を信じてくれていたことが、言葉では表現できないほど、嬉しくてたまらなかった。

母の背中を見つめていた僕の目から、涙が零れた。僕は母に気づかれないように、そっと涙を拭った。

何分間、母は僕に背を向けていただろうか。いつまでたっても母は僕に背を向けたままだった。

「母さん」

たまらず、僕は母を呼んだ。だが、母は振り向かない。

聞こえていないのか？　それとも、僕に涙を見せたくないのか？　僕が心配するからと、母さんを傷つけてしまったと、母さんの涙を見れば僕がそう思うと思っているのか？

「母さん、こっち向いてよ」

僕は、再度母の背中に言った。それでも、母は振り向いてはくれなかった。

僕は、母のそばへ行き、母の肩に手を置いて、言った。

「母さんてば。こっち向いて」

その瞬間、母が僕の手を勢いよく払った。

え？

何がなんだか分からずに、僕の脳は思考停止していた。そして、振り向いた母は、涙など流していなく、涙を流していたと思っていた母の目は、僕を睨みつけていた。そして、母は一言言った。そう、たった一言だけ、僕に問うた。

「アンタ、殺したの？」

「え？」

聞き間違いだと思った。母が何を言っているのか、僕はまったく理解できずに、その場にただただ立ち尽くし、僕を睨みつけている母を黙って見つめていた。

だが、何も言わない僕に、母はもう一度、同じ言葉を僕に向けた。

「アンタが、殺したの？」

今度ははっきりと聞き取れた。聞き間違いでも、なんでもない。母の目は、冷め切っていた。僕に対しての信頼や信用など、全てを失った目をしていた。

「僕を、信じてくれないの？　僕を、信じてくれていたんじゃないの？」

さっき、記者たちの前で、僕が人を殺すはずがないと母が断言してくれたとき、母の前ではモノトーンだった今までの景色が、鮮明なハイカラーとして目に映っていたのに、今はもう、目の前は真っ暗だった。母が無償の愛を僕に向けてくれていると思っていた分、痛手は数倍だった。

「じゃぁ、なんであんな人たちが家に来るの！　なんでアンタを殺人犯扱いするの！　なんの心当たりもないなら、なんの根拠もないなら、こんなことにはならないでしょう！」

ヒステリックにそう言った母の目は、先ほどの記者よりもずっと、僕を殺人鬼扱いしていた。

涙が出そうだった。だけど、ここで僕が泣いても、何も状況は変わらないと分かっていた。

「学校、行ってくるね」

そう言い残し、自室に上がろうと階段を上っていた僕を、母が止めた。

「待ちなさい」

振り向くと、母はカーテン越しに先ほどの記者たちがまだ家の前で待機しているのを確認していた。そして、僕に一言だけ述べた。冷たい、冷め切った口調だった。

「今日は、休みなさい」

そう言うと、母は家中のカーテンをぴったりと閉めきり、リビングの椅子に腰掛け、うな垂れるように顔を両腕に埋めた。

「こんな騒ぎになって、ご近所にどう思われるか……。どんな噂が立てられるか、分かったものじゃないわ。もう、表にも出られないじゃないの」

うな垂れながら言った母の言葉には、僕への愛情はひとかけらも含まれていなかった。

「買い物にも行けなくなっちゃったわ！　どうしてくれるのよっ！　どうしてアンタはいつもいつも私を困らせてばかりなのよ！　どうして迷惑ばかりかけるのよ！　それとも何？　私を困らせるのが楽しくて、わざとやっているの？」

母が僕を睨みつけながら、絶叫した。僕は、今の母にどんな言葉をかければいいのか、皆目見当がつかず、ただ黙っていた。

もう、誰一人として、味方はいなくなった。僕を求めてくれる人は、誰一人としていなくなってしまった。

このとき僕は、母との絆全てが失われ、僕と母は、もう、親子なんかではなくなったのだと察した。そう理解するしかなかった。

僕と母は、たった今、親子をやめたのだ。それはきっと、母の望みのような気がした。

だって、母の背中は、「こんな子、生むんじゃなかった」と僕に告げていたから。

スタート地点に戻ったと思えばいいんだ。どうせ、あと数日の命なんだから。

現実逃避さえ許されないこの現状を前に、僕は自分自身にそう言い聞かせるしか術がなかった。

自室に閉じこもった僕は、無意識にパソコンの電源を入れ、メール・ボックスをチェックした。来るはずなどないだろう悠音からのメールを、心のどこかで、まだ求めている僕がいた。

だが、悠音からメールはなく、メール・ボックスに受信はゼロだった。

目をつぶっても、あの死体画像が鮮明に瞼の裏に張り付いている。

記者が言っていた、『ネットで大騒ぎになっている』という言葉を思い出し、僕は約半月ぶりに学校裏サイトにアクセスした。

すると、『真田悠哉　殺人事件会場』ではなく、『真田悠哉容疑者を逮捕せよ』と、タイトルが変わっていて、死んだ三人を僕がどうやって殺したか、そして、僕には三人を殺す動機があると、名無しやハンドル・ネームを使った者たちが騒ぎ立てていた。

この中の誰かが、面白半分にマスコミにネタとして売ったのか……。

同じ学校の者が無残な死を遂げたというのに、その死を悔やむよりも事件そのものをエンターテイメントとして暇潰しに使うこの者たちの神経が、僕には分からなかった。どんなに考えても分からないだろうし、分かりたくもなかった。

学校の奴らだけじゃない。こんな根拠も何もないデタラメを並べた裏サイトを見て、まんまと踊らされて家までやって来るマスメディアも、結局は視聴率を気にし、どれだけおもしろく騒ぎ立てるかに必死なだけなのだ。

クズどもの集まりだよ。

パソコン画面を見ながら、ただそう思った。

窓の外をそっと覗くと、先ほどの記者たちが、近くの住民に何やら問いかけているのが見えた。話を聞かされた近所の住人は、まるでくじ引きで一等のハワイ旅行でも当てたような驚いた顔をし、誰もが決まってこの家を塀から覗き見た。

カメラマンらしき男が僕に気づき、カメラをかまえたので、すぐにカーテンを閉め、自室に閉じこもった。

裏サイトも何もかも、もうどうでもよかった。ただ、死ぬ前に、母に希望を失くさせるだけではなく、居場所までなくさせてしまったことが、何よりも悔やまれた。

今、僕がしなくてはならないことはたった一つだけだというのに、どうしてこんなにも間が悪く様々な問題が起こるのだろうか?

悠音をおびき出す方法を、なんとしてでも考えなきゃならない。

そんなことを考えているうちに、気づけば部屋には夕焼けの光が入り込んでいた。

窓の外を見ると、もう、記者らしき男たちはいなかった。

残り半月、なんとしてでも、僕が悠音を止めなくては。悠音の未来を守らなければ。

自殺まで、あと14日

翌日、僕はドアのノックの音で目覚めた。

「電話よ」

淡々とした母の声が、ドア越しに聞こえた。

「誰から？」

ドアを開け、母から受話器を受け取りながら問うた。

「同じクラスの山木さんて女の子」

母はそれだけ言うと、すぐに僕へ背を向けて、リビングに下りていった。母の口調は、業務連絡を行っているような、なんの感情もこもっていない冷め切ったものだった。

「ありがとう」

母の背中に向かって言った。母は振り向きはしなかった。昨日から母は、僕の目を一度たりとも見てはいなかった。寂しさが、こみ上げていた。

すぐに、電話の相手が山木だったことを思い出し、僕は保留になったままの受話器の通話ボタンを押した。

なんで、山木が電話してくるんだ？

通話ボタンを押しながら、ただその疑問しか浮かばなかった。山木のあの事件のとき、僕は山木と約束をしていた。絶対に、僕に関わらないことを。その約束を、山木は承諾した。

なのになんで、山木が電話してくるんだ？

「もしもし？」

『もしもし……真田……くん？』

受話器越しに、少し戸惑ったような山木の声が聞こえた。

「あぁ、そうだよ。電話してくるなんて、どうしたの？」

『あの、真田くんだよね？』

「え？」

『本当に、真田悠哉くんだよね？　同じクラスの、真田悠哉くんだよね？』

山木が、再度確認した。

「そうだけど……。どうしたの？　なんか、山木変だよ？」

『あ、うん。ごめん』

「何かあったの？」

『……』

「山木？　なんかあったの？　また、危険な目に遭ったの？」

『いや、違うの』

「じゃぁ、何？」

山木は、しばしの間、黙りこくっていた。

「山木？　話してくれなきゃ分からないよ」

『……うん。大したことじゃないのよ』

「え？」

『先日のお礼を言いたくて』

何を言っているんだ？

山木が間違い電話をかけたとは考えられない。だが、僕には山木の言っている意味が分からない。

「先日のお礼って、何？　なんのこと？」

『……やっぱそうか』

「え？」

『ううん。なんでもないの。ごめんなさい。なんか、心細くなって、ただ声が聞きたかっただけなの。真田くんの声聞くと、怖いのも不安なのも全部忘れられるから。あの、ことも……』

そう言うと、山木は小さくため息を吐いたようだった。

だけど、山木が普通じゃないことは、僕にも分かっていた。僕の声を聞きたいがために電話を寄こしたのも嘘だというのは、バレバレだった。

「山木、本当のこと言って」

『え?』

「僕の声が聞きたくてなんて、嘘でしょ。何があったか、正直に話して」

僕の口調は、少しキツかったかもしれない。だけど、真実を聞かなくてはいけない。

悠音が敵に回った今、何があったのかを聞かなくてはならない。

「山木! 話せよっ!」

僕は、内心痛む心に蓋をして、山木にさらなるキツイ口調で言った。

「嘘吐かないで話せよっ!」

僕の怒声にも似た声で、山木はやっと口を開いた。

『実は、先日、家の前に花束が置いてあったの。《君のことを守る》ってメッセージ付きで。だから、私、花束くれたの、真田くんだとばかり思ってたから』

「本当にそれだけ?」

『うん。変な嘘吐いてごめんなさい。でも、真田くんの声聞けてよかった。ありがとう。じゃぁ、また』

「あぁ、また」

受話器から、山木の声が途切れ、プープーという音が代わりに鼓膜に届いた。

僕は受話器を置き、ベッドに横たわった。

昨夜から眠っていなかったせいか、僕はすぐに眠りの世界に引きずり込まれていった。

夢と現実を交錯している間、山木の声がリピートされていた。

君だけは、僕が……守る……から。

＊

「やめてくれぇぇぇええええ!!」

俺の声が、夜中の学校に響き渡っていた。

「誰か！　誰かいないのか！　誰か、助けてくれぇぇええええ!!」

喉が涸れるほどに助けを求めても、夜中の学校には人一人いなく、俺の叫びは無情にも誰の耳にも届かない。

「来るな！　来るなっ！　来るなぁあああああぁぁ!!」

男に向かって叫ぶが、男はウヒッヒと、まるで幼子が鬼ごっこをしているような楽しげな笑みを浮かべ、俺に近づく。

「お願いします。なんでもしますから！　殺さないでくださいぃぃぃぃ!!」

俺の目の前で仁王立ちになっている男に、土下座をし、命乞いをする。しかし、男は口元に笑みを浮かべてはいるが、目は怒りに満ちていた。死神のようななんの感情も抱いていない死んだ目をしていた。

男が、ポケットからバタフライナイフを取り出した。全身の血が、一瞬にして引いた。

「お願いだから……殺さない……で……なんでもいうこと……聞きますから」

男が握っているバタフライナイフが、俺の喉元に当たった。あまりの恐怖に、俺は失禁していた。

そんな俺を見て、男は楽しそうにゲラゲラと爆笑した。

「そんなに死にたくなぁ～い？」

男が俺に問うた。俺はもはや声など出ず、ひたすらうなずいた。

「そっかぁ～。死にたくないんだぁ～？」

俺は、うなずき続けた。

「じゃぁ、しょうがないよねぇ～。死にたくないならさぁ～、こういうのにしようかなぁ～？　こういうのも、意外と面白いかもしれないしぃ～」

男が俺の喉元に当てていたバタフライナイフを遠ざけた。

「あっ！　っていうかさ、俺さ、今超良いこと思いついちゃったんだよね！　君、なんでもしてくれるんでしょ？」

「は、は、はい！」

「じゃぁ、俺に協力するって約束してくれる？」

「します！　します！　しますから、殺さないでください！」

「分かった。いいよ」

男が、にんまりと笑った。

「殺さないでくれるんですね？」

「だって、君、協力してくれるんでしょう？」

男が、バタフライナイフをちらつかせながら、俺に問うた。

「はいっ！　なんでも、なんでも協力します！」

「そう？　どうもありがとう」

男がにこやかに微笑んだ。

「じゃ、じゃ、じゃぁ、助けてくれるん……んんん!!」

男が、ハンカチのようなもので、俺の鼻と口を塞いだ。意識が遠ざかる。意識が、意識が……。

「新しいゲームの始まりだよ。悠哉♪」

遠のいてゆく意識の中、男の声を、かすかに聞いたような気がした。

誰か……助け……て。

自殺まで、あと11日

精神的にも肉体的にも限界にきていたせいなのか、僕は死んだように眠り、目覚めたときには、もう三日もたっていた。

僕は、三日間一度も起きることなく、眠りの世界に入り込んでいたのだ。

こんなことがあるものなのか？

眠りすぎのせいか、体はひどく重たく、起き上がるまで約三十分以上もかかった。

なぜ三日間もの空白をつくってしまったんだ。もしかしたら、その間に悠音からメールが来ているかもしれない！

悠音の存在を思い出した瞬間、僕はベッドから跳ね起き、パソコンの電源を入れた。

悠音からメールが来たとしても、それはきっと戦いになるのだろう。

僕は、悠音という人間の恐ろしさを知りながらも、『君は、もう、人間じゃない』という、悠音にとって一番不快な言葉を送ったのだ。自分の犯している処理という名の殺人を、決して間違いではないと信じきっている悠音にとって、僕が送った言葉は、悠音の怒りをピークにしてしまうだろう。

そう分かっていても、僕は悠音にあの言葉を送った。分かっていたからこそ、送った。

あの頃の悠音は、もう、存在しないのだ。

だけど、僕は本当に自分でも呆れるくらい往生際が悪く、以前の悠音のように、悠音の優しさに溢れたメールが届いているのではないかという期待を捨てることができなかった。

本当の友ならば、言わなきゃならないこともある。それが相手を怒らせる言葉であっても、間違っていることをはっきりとそう言える関係こそが、真の友だと思う。だからこそ、僕は送ったのだ。僕にとって悠音は、真の親友だったから。そして、だからこそ心の隅に、やはり期待を持ち続けていた。元の、あの心優しい悠音が戻って来てくれることを、まだ心のどこかで信じていたから。悠音のことを、信じていたかったから。

パソコンが起動し、僕は真っ先にメール・ボックスをチェックした。その間、悠音から、何かしらのメッセージが送られてきているような予感がしていた。

どうしてそんなふうに思ったかなど分からないが、そんな予知にも似た予感がしていた。

そして、僕の予感は当たった。

メール・ボックスに、悠音からのメールが届いていた。件名に、『プレゼントを贈りたいんだ』と書かれていた。

メールを開けるのが、怖くて仕方なかった。内山の死体画像を送ってきたときも、件名は『プレゼント』だった。

それでも、もしかしたら……という期待もあった。その期待がほぼ自分の願望でしかないことを分かっていながらも、期待している自分がいた。だからこそ、怖かった。もし、この期待が裏切られてしまったのならば、僕は、もう二度と悠音を友と呼べなくなるから……。

カーソルを押す指が、震えていた。クリックし、メールを開けるのにしばしの時間が必要だった。

心臓は暴れまくり、フラッシュバックするあの死体画像……。呼吸は運動をしたわけでもないのに速まり、ハッハッハと、息苦しさに襲われていた。

逃げられないんだ！　逃げるな！

ギュッと目を固くつぶり、メールを開いた。ゆっくりと目を開け、パソコン画面を見ると、死体画像などは載っていなく、一言メッセージが綴られていた。

悠哉へ
君に、俺からの親愛の意味を込めて、プレゼントを贈った。

君が喜んでくれることを、また、君が早く目を覚ましてくれることを祈っている。

悠音からのメールは、その三行で終わっていた。メールには、画像添付もされておらず、悠音からのメールは、この一通だけだった。

プレゼントを贈る?

なんのことだか意味が分からなかった。

僕は、悠音の意図が分からなかったが、悠音にその件に関し、メールを送る気にはなれなかった。正確に言えば、なんとメールを送っていいのか分からなかった。目を覚ますことを祈っているということは、悠音は僕の願いを聞き入れる気はなく、反対に僕が悠音の世界に早く入り込んでくれることを祈っているという意味だろう。

悠音、君みたいな優しい人が、どうして?

哀しさだけが粉雪のように降り積もっていた。

すぐにパソコンの電源を落とし、だるい体を休ませようとベッドに向かうと、枕元に小さな小包が置かれているのを発見した。小包は、真っ赤な包装紙と金色のリボンで丁寧に包装されていた。

母さん?

この部屋に入れるのは、母しかいない。母との溝は深くなるばかりだが、これは、母なりの僕への歩み寄りなのかもしれない。そう、思った。

母さん、僕たち、まだ親子でいられるんだよね？　母さん、僕は母さんが好きだから、だから、僕を信じて。僕ももう一度だけ、母さんを信じるから。

小包の包装紙を破らないように、丁寧にリボンも解き、小さな木箱の蓋を開けた。

「ぎゃぁぁぁああああああああああ!!」

木箱を開けた瞬間、僕の悲鳴が家中に木霊した。

木箱の中身は、母からのプレゼントなどではなかった。木箱の中に入っていたのは、切断された足首から先と、ポラロイド写真、そして、血で書かれたメッセージだけだった。

『キルエコ』

血で書かれたその四文字……。

ポラロイド写真には、同じクラスの山井徹の死体が写っていた。

「あああああ！　あああぁぁああああああああ!!」

僕は、木箱を放り出し、腰を抜かしたまま後退りし続けた。木箱が床に落ちた拍子に、切断された山井の足が、フローリングにグチョッと音を立てて落ちた。まだ切断されて間もないらしく、フローリングに黒みをおびた血が飛び散り、部屋中に生臭い臭いが立ち込めた。

「あぁぁあああ！　ぎゃぁぁぁあああああああああ‼」

もう、悠音への望みを抱いてはいけないと、このときはっきりと理解した。そして、この悠音という悪魔には、僕独りでは決して立ち向かえないことも、このとき、理解した。

悠音を変えてしまったのは僕だ。僕のせいで悪魔に変わってしまった悠音を、守り通そうと決めていた。僕が悠音を守ると……。

だけど、もう、そんなことも言ってはいられない。僕が悠音の罪を隠せば隠すだけ、さらなる犠牲者が出てしまうのだ。

もう、仕方ない。

僕は、腰を抜かしたまま、這いずりながら電話の子機に手を伸ばし、一一〇番を押した。

『事件ですか？　事故ですか？』

電話の向こうから、中年男性と思える警察の人間の声がした。

「うううううううう家に、クラスメイトの、死体が……」

恐怖のあまり上手く呼吸ができないで、僕は言葉にならない言葉を、必死に言っていた。

『死体？　どういうことですか？』

電話越しの警察は、なんとか僕の言葉を聞き取ったらしく、質問を投げかけてきた。

「死体の一部が、おおおお送られてきたんです」

『落ち着いてください。アナタの家に、死体があるんですね？』

「ははは い」

『送られてきたというのはどういうことですか？　その死体は、アナタの知っている人なんですか？』

「ははは い。すす、す、すぐに、とにかく、すすすすぐに、来てください」

あまりの恐怖から、僕は震える声でそれだけ言うのが精一杯だった。こんな戦慄の中で、これ以上説明を行うなど無理だった。

『今すぐ警官を向かわせます』

電話越しの警察も、僕がこれ以上説明をするのが無理だと察したようだった。

「おおおおおおおおお願い……します」

僕は住所を告げると、電話を切り、切断された山井の足を遠くから見つめながら、ただただ震え続けることしかできなかった。

足は、電気ノコギリのようなもので切断されており、多量に流れ出たであろう血が、指まで染めていた。爪が何本かはがれているのは、抵抗したためだろう。

「なななななな、なんで！　なんでこんなことができるんだよっ‼」

叫ばずにはいられなかった。

悠音にとって、標的になったものは、ただの肉の塊でしかないんだろう。その肉の塊がいくら命乞いをしようが、助けを求めようが、悠音にとってはそんなのはなんでもない。悠音は、その目の前で動き回り逃げ回る肉を、不必要なゴミとし、処理という勝手な名目で、殺すのだ。

今、山井の切断された足が、その事実を物語っていた。

悠音、君は本当に、本物の死神になってしまったんだね……。

いつまでたっても震えの治まらない体を、両腕で抱え込み、僕はただそう思っていた。

電話をしてから数分で、パトカーのサイレンが聞こえてきた。

パトカーのサイレンが近づくたびに、僕の目からは涙がとめどなく流れ落ちていった。

自宅前でサイレンが止み、インターホンが鳴らされた。

「悠音、もう、君を許すわけにはいかない」

僕は、山井の切断された足を見つめながら、流れ落ちる涙を拭い、そっとつぶやいた。

決別をしたと思っていた悠音と僕だけど、このときまで、僕が悠音に期待を抱いていたときまで、決別などできていなかったのだと気づいた。
悠音、もう、君を許すわけにはいかない。
そう心から思ったこの瞬間に、僕は悠音と、本当に決別を果たした。
戦いが始まる。
戦いの幕が開いた。
僕は、もう、決して逃げない。
そして、君のことも決して逃がさない。
許すことはできないんだ。
たとえ、君を殺すことになっても。

自殺まで、あと10日

昨日、山井の切断された足を送られ、警察に通報した僕は、保護という形で警察署に連れて行かれた。

僕の部屋にあの木箱を置いたのは、母ではなかった。何者かが、僕の部屋に侵入し、木箱を置いたということになる。

しかし、玄関の鍵は閉まっていたし、僕の部屋の窓も鍵がかかっていた。そのため、疑いは僕にもかかり、保護というのは名ばかりで、昨夜から朝まで、延々と取り調べのような事情聴取が行われていた。

僕は、刑事である増井という男に、僕が学校でイジメられたことから、一ヶ月後に死ぬ決意をし、『一ヶ月の命』というブログを作ったこと、悠音との今までのやりとりまでを、何一つ隠さずに話した。増井は、僕の話をうんともすんとも言わずに、ただ聞き、調書を取っていた。

増井が口を開いたのは、僕が全てを話し終え、このままでは、まだ何十人という人々が殺されてしまうと訴えたあとだった。

「事情は分かった。でも、君のために殺人まで犯す、その悠音という男のことを、どうして君は本名も知らなければ、住所や年齢さえも知らないんだ？　君のために、自分とは関係ない人間を殺すなんて、ましてやお互い顔も知らない同士だなんて。私には理解に苦しむんだが」

増井がそう述べた。五十過ぎであろう増井にとっては、僕が話した真実を理解できないのも当然だと思った。

「増井刑事、ネットの世界では、本名も顔も知らないのは当たり前です」

増井とともに僕の事情聴取を行っていた、二十代後半だと思われる戸高が言った。

「そういうものなのか？」

「ええ。ネットってのは、便利さと危険が隣り合わせているようなものですから」

「そうなのか」

増井は、顎鬚（あごひげ）を親指と人差し指で撫でながら、理解に苦しむ顔をしていた。

「で、本当に君は、その悠音という人物に会ったことはないんだね？　接触もせず、ただネットの中だけでの関係で、その悠音という人物が君のために殺人を犯しだしたと言うんだね？」

戸高が、僕に問うた。

「本当なんです。僕は、嘘は吐いていません。悠音は、キルエコという団体に洗脳されているのか、悠音やキルエコという団体がゴミだと判断した人間は、処理という名目で殺害しているんです」

「キルエコ……」

増井が眉間にシワを寄せ、まったく意味が分からないという顔をした。

「そのキルエコという団体に、君も入っているのだね？」

増井が僕に問うた。

「入ってなんかいません！　悠音から、入会の許可が下りたとメールをもらったとき、僕は拒絶した！　そして、悠音を敵に回してしまったんです！」

「では、キルエコという団体への入会を拒否したから、君はその者たちの敵とみなされ、今回のようなことが起きたと？」

「悠音を敵に回した経緯は、そうです」

「ふむ」

増井が、ボールペンで頭を掻いた。

「でも……」

「でも？」

「悠音をそんなふうにしてしまったのは、僕のせいなんだ」

「と、言うと？」

増井は、頭を掻いていたボールペンで、調書に何やら書き込んだ。

「僕が……、僕が弱かったから。弱すぎたから。悠音に頼りすぎたから。いつも孤独だった僕を、人間として扱われなかった僕を、悠音だけは人間として扱ってくれて、しかも、僕を仲間だと、親友だと言ってくれた。僕は、それが嬉しくて嬉しくて、事あるごとに、逐一悠音に気持ちを打ち明けた。苦しい、辛い、哀しいって……。もし、僕がもっと強ければ……。僕が、あんなブログを作らなければ……。そうしたら、悠音の人生を狂わせないですんだのに」

机の上に、涙が落ちた。それを見て、僕は今、泣いているのだと気づいた。

「そんなに自分を責めてはいかんよ」

増井はそう言うと、僕の背中をそっと撫でてくれた。

「でもっ、もしも僕がっ、僕がもっと……」

「未来が分かっていたならば、この世に犯罪など起こりえないだろう。皆、未来が見えない中で、失敗や過ちを犯す。それはきっと歯車のようなもので、その歯車がわずかにずれてしまったとき、犯罪は起こるものなんだ。それを、時に人は運命という言葉で片付けるがね……。私はそうは思わない。運命は、自分で切り開くものだろうからね。だから、私は、人生は歯車だと思っているんだよ。君は、人を殺してほしいと、その悠音という男に頼んだわけでも望んだわけでもない。自分を責めてばかりいては、本当に大事なものを見落としてしまうよ」

そう言うと、増井は少し優しげな笑みを僕に向けた。僕は、増井のその優しげな笑みを見た瞬間、ずっと張り詰めていた緊張の糸が切れ、号泣した。増井はそんな僕に、何も言わずにただ、背中をずっと擦ってくれていた。久しぶりに、本物の人の温もりに触れた気がした。

「話を聞いている限り、その悠音という人物は、何かのオカルト的な宗教らしきものに洗脳されているか、はたまた、無差別殺人を楽しむ快楽殺人者のようですね」

戸高が、冷静かつ深刻な表情で言った。

「と、言うと？」

戸高の話を聞いた増井が問うた。

「その悠音と名乗る人物は、ただ人を殺すことを楽しみに、また、人を殺すことを快楽と感じる人物だということです。問題なのは、自分が行っている犯罪行為に罪の意識をまったく感じてなくて、それどころか、自分の行っている行為を正義だと思い込んでいる。そうなると、厄介です」

「厄介？」

「ええ。悠音という人物は、完全に自分の世界に入り込んでいる。いや、入り込んでいるというよりは、自分の世界でしか生きていないということです」

「どういう意味だ？」

増井が、再び戸高に問うた。

「つまり、自分の世界でしか生きていないということは、自分だけが法律なんですよ。この世で定められている法律はその人物には関係ない。この世の法律が悪としているものも、その者が善と定めれば、善になってしまうということです。ですから、人を殺める行為、すなわち人殺しという犯罪も、その者が彼の話どおり『処理』になってしまっているのならば、まだまだ被害者が出る可能性が極めて高いということです」

「なるほどな」

増井が、顎鬚を触りながら納得した様子を見せた。顎鬚を触るのは、増井の癖のようだ。

「米国でも何年か前に同じような事件が起きています。米国で起きた事件は、五年後に日本でも起きるという報告があります。これは私の推測でしかありませんが、その悠音という人物は、ある種の犯罪マニアかもしれません」

「厄介だな」

「ええ」

そう言うと、増井は調書に何やら書き込み、ボールペンを置いた。

「戸高、ちょっと」

増井は戸高を部屋の隅に呼び出す仕草をした。戸高は、何も言わずに従った。

僕は、二人が何を話しているか聞き取れなかったが、戸高が一瞬驚いた表情で「でも！」という声を上げたのだけが聞き取れた。不安そうな顔で二人の様子をうかがっている僕に気づいた増井は、戸高との話を中断し、僕のそばまで歩み寄った。

「長い間話を聞かせてもらって悪かったね。もう、家に帰ってもいいよ」

「増井刑事！」

戸高が、増井の名を叫ぶように呼んだ。

「私がいいと言っているんだ」

その一言で、戸高は口をつぐんだ。

「あの、本当に家に帰ってもいいのですか？」

戸高があまりにも腑に落ちない顔をしているので、僕の不安は減るどころか倍増していた。それに気づいたのか、増井が一瞬戸高に鋭い視線を送ったのを、僕は見逃しはしなかった。

しかし、僕のほうを振り返った増井は、菩薩のように優しい笑みを浮かべていた。

「あぁ。警察のほうでも、もう犯人の目星は付いているんだ。もう、安全だよ。君は大丈夫だ。安心して、家に帰りなさい」

「本当に、もう、安全なんですか？」

「あぁ。警察を信じてくれたまえ」

そう言うと、増井は再び笑みを浮かべ、そして数回うなずいた。そのうなずきが、『大丈夫』という意味だということはハッキリと分かった。

「はい。分かりました。あとはよろしくお願いします」

「あぁ、任せなさい」

　事情聴取が行われていた部屋から出ると、母が廊下の隅に設置されている古ぼけたソファに腰をかけて僕を待っていた。

　だが、僕を見るなり、母は目を逸らした。

「ずいぶんとお時間をお取りしてしまい申し訳ありませんでしたね。もう、ご自宅にお帰りいただいてけっこうですので」

　僕と一緒に部屋から出てきた増井が母に言った。

「本当に、あの、本当に息子を自宅に連れ帰っても大丈夫なんでしょうか？」

　母が不安そうに増井に問うた。僕には、母の背中しか見えなかったが、母は確かに情緒不安定であり、また、僕を恐れているのが手に取るように分かった。

　血のつながった母から恐れられ、腫れ物に触るように扱われることは、学校で生きた亡霊を演じているときよりも遥かに辛かった。母が僕を恐れれば恐れるだけ、僕は道端に捨てられているゴミくずになったような気がした。

　帰り道、母に何度か話しかけようとしたが、母は僕の目を見ずに一言だけ言った。

「しばらく、学校にも行かないでいいわ。外にも出ないで」

「でも、母さん、僕は被害者だよ」

母の口調が、まるで僕が加害者のような言い方だったので、分かってもらいたかった。

しかし、母はそれでも僕の目を見なかった。

「これ以上私に迷惑かけないで」

母の声は、冷め切っていた。もう、僕に期待を抱くことも諦めたのだろう。母の声は、僕の耳には機械音のような冷たいものにしか聞こえなかった。

僕も諦めるのは慣れている。だけど、実の母からの愛情を受けられないことに慣れる日が訪れることがあるのかどうか、僕には分からなかった。

自殺まで、あと1日

先日の警察署からの帰り道以外、母とは口も利かなくなった。正確には、母が僕を恐れるあまり、僕に一切近づかなくなったと言ったほうが正しい。

その後僕は、母に命令されるまま、一切外出することなく、一日を部屋の中で過ごした。

食事も、朝、昼、夜、全て気づくと自室のドアの前に置かれていた。僕と食事をとるのさえ嫌なんだと思うと、哀しかった。

母の心配どおり、自宅に山井の切断された足が送られてきたことから、また、マスコミが騒ぎ立てた。そのせいで、学校裏サイトはもちろん、近所の住民までもが、僕がこの連続殺人事件の犯人なのではないかと、白い目で見ていた。

それだけならばまだマシだった。中には、自宅のポストに『人殺し』『自首しろ』『悪魔』『鬼』『変質者め！』などと書かれた紙が入れられていて、それを見るたび、母はうな垂れ、インターホンが鳴れば飛び上がるように驚き、少しの音にも怯え、もはやノイローゼとなってしまっていた。

今の僕が母にしてあげられることは、母の前に姿を見せないことだろう。僕を恐れている分、僕の姿を見せないことが、母にしてあげられる最後の親孝行のような気がした。僕は自室に閉じこもったまま、必要最低限以外、部屋の外へは出ないようにした。そして、そんな隠れるような時間が八日も過ぎた。

壁にかかっているカレンダーを見て、自分の命があと二日で終わるのを確認した。なんだか不思議な感覚で、安堵も交じった恐怖の中で、僕は残り二日をどう過ごせばいいのか、それだけを考えた。

悠音との戦いは、まだ決着など付いてはいないが、増井に、全て警察に任せるようにと指示されていたため、僕から動くことはできなかった。

また、悠音からもメールが来ることはなかった。

テレビでもつけようとリモコンに手を伸ばしたと同時に、電話が鳴った。少しの音でも怯えてしまう母の代わりに、すぐに僕は子機を手にし、電話に出た。

「もしもし、真田です」

『悠哉くんか？』

聞き覚えのある、野太い声が僕の名を呼んだ。

「増井刑事……ですか？」

『あぁ。そうだ。無事か？』

「え？」

『何か変わったことはないか？　君は無事か？』

増井の声は、緊迫していた。

「無事ですが……。あの、どういう意味なんですか？」

『いなくなっているんだよ』

「え？」

『君のクラスメイトのほぼ全員が、行方不明になっているんだよ』

「行方……不明？　ほぼ全員が？」

『あぁ』

あまりのショッキングなニュースに、僕は唖然とした。

「ほぼ全員ってことは、僕以外ってことですか？　その他の皆が、全員行方不明になっているんですか？　山木は？　山木ミウも行方不明なんですか⁉」

山木の存在が頭を過った。

山木に何かあったら！　山木が被害者になったら！　そんなことになったら、僕は！

山木を守るために始まったこの事件。山木を守るために全てが始まったというのに、その山木を被害者にしてしまったら、僕は、結果山木を守るどころか山木を殺すことになってしまう。心臓は激しく暴れ、胃にはバカ力で握り潰されているように痛みが走っていた。

『山木ミウさんは無事だよ。今、確認が取れたところだ』

「本当ですね⁉」

『あぁ。山木さんと君はね』

「え？」

『今現在、君のクラスで無事を確認できているのは、山木ミウさんと君だけなんだよ』

「じゃぁ、あとの皆は？」

『行方不明だ』

「……」

増井の報告を聞いた僕は、全身の血が冷たくなってゆくような感覚を覚えていた。

「悠音は、僕に予告したとおりに、処理という名目で殺人を犯し続けるということですか？」

『それは分からない。でも、今は君の無事を確認したくて電話をしたんだ。くれぐれも気をつけるように』

「あのっ！　山木にも！　山木だけは、なんとしてでも守ってください！」

『もちろん、自宅を警護するよう指示している』

「お願いします」

こんなにも心の底から願ったのは、生まれて初めてだった。

『それと、君はニュースを見たか?』

増井が唐突に言った。

「ニュース?　ですか?」

『あぁ』

「いえ、すいません。見ていません。あの……、何かあったんですか?」

『この間、君に事情聴取をしたときにいた、戸高という男を覚えているか?』

「あ、はい」

『殺されたよ』

「……え?」

増井の淡々とした口調に、僕はその一言しか返答できなかった。

「誰に……ですか?」

『分からない。ただ、戸高は君が言っていたキルエコという団体について調べていた。警察では、キルエコというオカルト集団の犯行と見て捜査を進めている。分かるか?　君は今、とても危険な状態なんだ。くれぐれも、注意してくれ』

「は……い」

『とにかく、無事でよかった。じゃぁ』

そう言うと、増井は僕に返答の間も与えず電話を切った。僕は、あまりにもショッキングな連絡に、ただただ立ち尽くし、いつまでも握っている子機を手放すことができなかった。

決行日

昨日、増井からクラスメイトのほぼ全員が行方不明になっているという連絡を受けてから、僕はどうすることもできず、自分の非力さに落ち込んでいた。自分でまいた種だというのに、自分では何一つできずに、警察に任せるしかない現実に落胆していた。

結局僕は最初から最後まで口だけで、山木を守ることも自分を保つことも、悠音と戦うこともできなかった。

お願いだから、せめてもう、これ以上の被害者は出ないでくれ！

そう願い続けるしかできなかった。

それでも、諦め、覚悟したことを放棄して死ぬのは嫌だった。悠音からコンタクトが来ないのであれば、自分からコンタクトを取ろうと思った。悠音となんとかコンタクトを取り、悠音と接触する。そして、この手で悠音を殺す。

これ以上の被害者を出さないためにも、山木を守るにも、もうこの方法しかないと思っていた。

悠音にメールを送ろうとパソコンデスクに座った瞬間、激しい頭痛に襲われた。頭の内部から金づちで叩かれているような、激しい痛みに、僕は両手で頭を押え、倒れこんだ。痛みはどんどん増し、僕は絶叫しながら頭を抱え込み転がり続けた。

意識が、徐々に薄れていくのが分かった。

このまま、死ぬのかな？　僕のせいで死んだ奴がいるんだ。神様が、僕に罰を与えたのかな？

薄れゆく意識の中で、そう思っていた。

「悠音……山…木にだけは……手を出さないで……」

グルグルと目が回り、吐き気さえも催す頭痛の中、呟いていた。

「山木……生きろ……」

そのつぶやきを最後に、僕は意識を失った。


なぁ、悠音。

君の本当の願いはなんだったのかい？

もしも、僕が君のことをもっと理解してあげられていれば、今とは違った未来があったのかな？


なぁ、悠音。

僕は、君を死神だと思っていたんだ。
だけど、違ったね。
本当の死神は、僕だった。
君を死神にしてしまった僕こそが……、
死神だったんだ。

ごめんね。

悠音。


何時間気を失っていたのか、気がつくと外からは夕焼けの光が射し込んでいた。

フローリングの床の上で何時間もの間気を失っていたため、起き上がると体の節々が痛んだ。頭はまだボウッとしていて、自分が何をしようとしてこうなったのか、理解するまでに数分の時間が必要だった。

やっと悠音にコンタクトを取ろうとしたのを思い出し、僕はパソコンの電源を入れた。

僕の命は、あと数時間しかない。その残された数時間、絶対に僕は逃げない。山木を守り通すと決めたあの日の決意を曲げはしない。

山木も処分のターゲットに入っていることが明白な今、僕は残された時間全てを山木のために使いたい。

初めは、自らの命を終わらせるためのカウントダウンだったが、もう、状況は違う。犬死はしない。悠音を殺し、そして、僕も死ぬ。それが人を殺めたことへの、僕なりの責任の取り方だった。

そう覚悟を決めパソコンが起動するのを待った。

パソコンが立ち上がり、悠音にメールを送ろうとメール・ボックスを開くと、なんと悠音から一通のメールが届いていた。

件名は、『マネキン処理♪』だった。

悠音！……マネキン処理？

その件名を見た瞬間、不吉な予感がした。激しい胸騒ぎと僕の体に染み込んでいく不吉な黒い液体が、メールを開くのを躊躇わせた。しかし、躊躇っている時間など、もう僕には残されていないことも自覚していた。

震える手で、カーソルを動かし、メールを開いた。

そして、僕はその瞬間、悲鳴を上げていた。

「うわぁぁあああああああああ‼」

ディスプレイには、悠音がマネキン処理と呼ぶ光景が映し出されていた。

行方不明になっていたクラスメイト全員の遺体が、ずらりと吊るされ並べられていた。

手足は不自然な方向に曲げられ、顔は紫色のあざが全体に広がっていて、誰が誰だか分からないほど顔が変形していた。首を吊るしたことで、全員が汚物を垂れ流しにしている光景が、ディスプレイにはっきりと映し出されていた。

その光景は、本当にいらなくなったマネキンが廃棄されているようだった。

しかし、これはマネキンなんかではなく、僕のクラスメイトであり、れっきとした人間だった。

「うわっうわっうわぁあああああああああ!!」

あまりの残虐な光景に、僕は絶叫を抑えることができずに、思わずパソコンの電源を落とそうとした。が、その瞬間、短い文章が書かれているのに気づいた。

僕は全身を震わせたまま、文章を読んだ。


お前の一番大事な奴を守りたきゃ、二十三時に学校の屋上へ来い。


その短い文章は、次に殺害されるのが山木だということを明確に示していた。

山木っ！

僕は、急いで増井に電話をした。

プルルルル、プルルルル……という呼び出し音が二回鳴ったところで、女性の声が受話器から聞こえた。

『はい、舞島警察署です』

「あ、あ、あ、あの！　増井刑事につないでください！」

一刻も早く動かねば、画像の中のほかのクラスメイトのように、山木も変わり果てた姿になってしまう！

そんな思いが、僕を焦らせ混乱させた。

『刑事課でよろしいのですね？』

電話の向こうの女性が言った。

「はい！　早くつないでください！　早くっ！」

『少々お待ちください』

それだけ言われたあと、この現状には不似合いな暢気なメロディが流れた。

早くっ！　早くっ！　早くっ！

保留音の暢気なメロディが、逆に僕を焦らせイラつかせた。

山木だけは守ってみせる！　それができないなら、僕は……。

『はい、お電話替わりました』

電話越しに増井の声が届いた。

「増井刑事！　悠音がっ！　悠音が、皆を殺してしまいました！　今、メールで画像が送られてきて、マネキン処理って！」

『落ち着きなさい。今、警察も現場検証をしているよ。まったく、ひどい光景だった』

増井がため息を吐いたのが分かった。

『それで、君へのメールにはなんて書かれていたんだ？』

「山木を救いたかったら、屋上に来いって書かれてました」

『屋上？』

「学校の屋上です！　指定してきたってことは、山木はもう、悠音に捕まってしまっているということですよね？　山木を！　山木を救ってください！」

『分かった。すぐに山木ミウさんが行方不明になっているか、自宅に電話し確認を取ってみるから、君は大人しくしていてくれ。もしかしたら、それは君をおびき出すための罠かもしれないからね。なんでも鵜呑みにしてはいけないよ』

「はい」

『確認が取れ次第、連絡するから、大人しくしていなさい。勝手な行動をしないように。分かったね？』

「分かりました」

僕の返答を聞いた増井は、『じゃぁ、私が連絡するまで動かないように。そして、君もくれぐれも注意するように』と言い、電話を切った。

僕は電話を切ったあとも、ずっと子機を握り締めていた。いつ増井から電話が来てもすぐさま出られるよう、片時も離さず、子機を握り締めていた。

時計の針が、壊れてしまっているのではないかと錯覚を起こすほどに進みが遅く感じた。

時刻はすでに、午後八時半を回っていた。

どうして山木の無事を確認するのに、こんなに時間がかかるんだ?

増井との電話を切ってから、すでに三時間は経過していた。

まさか……、山木はもう……。

そんな最悪の事態が頭を過った。ディスプレイに映し出されたクラスメイトたちの無残な姿が、山木と重なる。僕はそのたび、頭を思いっきり振り、言い聞かせる。

山木は死なない！　死ぬはずがない！

子機を握り締める手に力が入る。

山木、頼むから生きてて！　頼むから、絶対に死なないでくれ！

プルルルルル……。

電話の着信音が鳴った。僕はすぐさま、通話ボタンを押して電話に出た。

「もしもし」

『……真田くん』

「山木っ！」

増井だとばかり思っていた僕は、山木本人の声に驚きを隠せず叫んでいた。

「無事なのかっ！　今、どこだ？」

『……真田くん、私……』

「何？　何？　山木」

『助けて、真田くん……このままじゃ、私、殺されちゃう』

心臓が、ドックンと痛みすら感じるほど激しく拍動した。

「今、どこにいる？」

『学校の屋上……。警察に連絡したら、すぐに私を殺すって……。真田くん、助けて。

怖い。私、どうしたら……』

「まだ、何もされてないか？」

心臓が暴れていた。

『十五分以内に一人で来ないと、私を殺すって言ってる』

「悠音に替わって」

今まで覚えていた戦慄は、跡形もなく消えていた。その代わりに、言い表せないほどの憎しみと怒りが、僕の中でピークに達していた。

「もしもし？　山木？　悠音に替わっ……」

『きゃぁぁぁあああああああ!!』

突如、受話器から山木の悲鳴が聞こえた。

「もしもし!?　山木！　何があった!?　山木っ！」

しかし、すでに電話は切れていて、受話器からはプープーという音しか聞こえなかった。

「クソッ！」

僕は受話器を放り投げ、自室から飛び出し、階段を駆け下り猛スピードで学校に向かった。

最初から、計算ずくだったんだ！

悠音を甘く見ていた。悠音は初めから、僕が警察に連絡することを察していた。その上で、僕を呼び出せるように山木を拉致し、山木に電話をかけさせた。悠音は、確実に僕と山木をも殺そうとしている。処分という名の犯罪で。

さっきの悲鳴……！　もしも、山木に何かあったのならっ！　悠音、僕は君を絶対に許すことはできない！

毎朝憂鬱に歩いたこの通学路で、一刻も早く目的地である学校に着きたいと思う日が来るなど、夢にも思ってはいなかった。

僕は、全速力で走った。一時も休むことなく、スピードを落とすことなく、力の限り走り続けた。

校門の扉は開いていて、十字路を右に曲がった瞬間、僕にとっての大きな墓石が見えた。

「悠音、ともに心中だ……」

僕はつぶやき、屋上までの道のりを走り続けた。

屋上の扉を勢いよく開くと、生暖かい夜風が僕を包み込んだ。空には幾千もの星がちりばめられていて、月明かりの下、ピクリとも動かず倒れこんでいる山木の姿がそこにあった。

「山……木？」

倒れこんでいる山木のそばまで歩み、山木の名を呼んだ。しかし、山木は動きはしなかった。

「山木！　山木！　山木ぃぃぃいいいい!!」

山木の名を呼ぶ、僕の声が夜の学校に木霊（こだま）していた。

「悠音、どこだ！　悠音！」

屋上中を探し回っても、悠音の姿はなかった。あるのは、動かない山木の身体だけだった。

「山木……、なんでお前が死ぬんだよ……。お前を助けるために始めたことで、なんでお前が死ぬんだよ。意味、ねぇじゃねぇかよ。ダメだよ、こんなの。お前、死んだらダメなんだって……。なんで、死ぬんだよ」

倒れこんでいる山木を抱きしめた。まだ温かい山木の体。なのに、いくら呼んでも、山木は目を開けない。

ずっと抱きしめたかったこの世で一番愛する女を、こんな形で抱きしめなければならないなど、思いもしなかった。抱きしめたかった。ずっとずっと抱きしめたかった。だけど、そんな願望は叶わなくてよかった。生きてさえいてくれれば、それだけでよかった。生きて、この先の未来を、あの光輝くほどの美しい微笑みで生きてくれさえすれば、それだけでよかった。

「お前を助けるためにやってきたのに……。僕がお前を殺してしまったんだ」

涙が、とめどなく流れ落ちた。一粒、二粒と、山木に涙が落ちていった。

「お前のいない世界なんて、意味ないよ」

僕は、もう一度力いっぱい山木を抱きしめ、そしてそっと放し、フェンスに近づいた。

「悠音、これでお終いだ」

僕は両手を広げ、目をつぶり、落下した。

山木、君に出会えてよかった。愛してる。

地面に叩きつけられた悠哉の頭から鮮やかな血がとめどなく流れていた。

エピローグ

ドサッと、鈍い音が聞こえてから私は起き上がった。死人のフリをするのも楽ではない。

「あ〜、もう、汚っい！」

勘違い野郎の涙が頬に流れ落ちていて、全身に鳥肌が立っていた。携帯をポケットから取り出し、電話をかけた。

「もしもし？　どう？　死んだ？」

『はい。なんせ屋上からですからね。即死ですよ』

「そう。じゃぁ、私も今降りるわ」

『分かりました』

電話を切り、勘違い野郎の死体を拝みに校庭まで歩く。

でも、今回は本当に上手くいったわね。金も払わず汚い涙を零して私を抱きしめたくらいは大目に見てあげるわ。

校庭に出ると、増井が真田悠哉の死体の前に突っ立っていた。

「ご苦労様」

「いえ」

私の姿を見て、増井が一礼しながら言った。

「それにしても、こうやって見ると、人って死ぬとただの肉の塊ね」

足や腕が逆方向に向き、首がひん曲がった真田悠哉の死体を見て、そう思った。

「で？　今回の死体処理も、そっちで上手にやってくれるんでしょう？」

「はい。それはお任せください」

「頼りになるわね。刑事さんは」

「いえ、いつもお世話になってますし」

ニンマリとした嫌らしい笑みで増井が言った。

「分かってるわよ、そんな顔しなくても。約束どおり、一年間はうちのデートクラブの女の子、無料で貸し出すわ」

「ははは。すいませんねぇ」

増井が、デレデレとした顔つきで顎鬚を撫でた。

「アンタも好きね。そんなんだから、奥さんにも逃げられたんじゃない？」

「お嬢さんは相変わらず手厳しいですね」

「余計なお世話よ」

こんな年中発情期の人間失格男に、自分の人格を分析などしてほしくはない。私が都議会の重鎮の娘ってだけで、市民を守るはずの警察でさえもまるでチェスの駒のように思うがままに動いて殺人の手伝いをしてくれちゃうんだから、世の中ってやっぱり権力と金が物を言うんだと思う。

「で、どうなんですか？　最近、デートクラブのほうの運営は」

「アナタのようなスケベなオヤジたちのおかげで、上々だわ」

「それは何よりで。ところで、どうしてこの青年はこうも思うがままに動いたんですかね？　それに、お嬢さんが抹殺したがっていたクラスメイトも、この青年が殺したんでしょう？」

「ええ」

「でも、事情聴取しているときは、この青年は、誰かに脅されていると言っていましたが。どういうことなんですか？」

「分からない？」

「え？」

「分からないの？」

「ええ」

こんなのが刑事をやっているのかと思うと、本当に日本は終わっていると思う。

「二重人格だったのよ」

「え？」

「人格障害。つまり、二重人格だったの。真田悠哉と、殺しを行っていた悠音という人物は、同一人物だったのよ。本人、悠哉のほうは、自分が人格障害だということに気づいていなかったんだけどね」

「じゃぁ、悠音という人物に脅されていると言っていた真田悠哉自身が、その悠音だったってことですか？」

「そういうことよ。私も、電話をかけて本人と話して確信を得たんだけどね」

「電話？」

　増井が問うた。

「ええ。来たのよ。悠音のほうが、私の経営しているデートクラブにね」

「『ラブエコ』にですか？」

「そう。しょせん十六歳の性少年ですからね。たまってたんでしょ。指名が入ったから相手しに行ってみれば、真田悠哉じゃない？　最初はびびったけど、話し方も目も、まったくの別人だった。している会話も、何もかもが、学校での真田悠哉とは違った。そのとき、もしかしてって気づいたの」

「それで電話を？」

「ええ。案の定、私の推測どおり、真田悠哉は人格障害だった。だから、利用するには最高の獲物だったのよ。っていうか、これ、本当に死んでるの？」

足で、地面に落下しもはや人間の形をとどめていない真田悠哉の死体を突っついてみた。頭を蹴っても、ゴロンとでかい石が転がるように動き、また動かなくなるだけの、正真正銘の死体だった。

「コイツの致命的な欠陥は、偽善者ってことだったわね」

つぶやくように言った。

「と、言うと？」

増井が問いかけてきた。私は真田の死体を見つめたまま、言った。

「全てはね、コイツの勘違いだったの。私がレイプされそうになったのを助けたつもりでいたけれど、あれは、そういうプレーだったのよ。私がラブエコを運営しているのが金本たちにバレてね。ちょっと厄介だったから、一回好きにさせてあげるってことですまそうとしてたところを、コイツが目撃しちゃったの。だから、仕方なく万引きしたのがバレて脅されているって嘘を吐いただけ。でも、どのみち金本たちも信用ならない奴らだったし、どうにかしなきゃと思ってたから、全て好都合だったんだけどね」

あのときの、「山木に触るな！」と叫びながら教室に入ってきた真田の顔を思い出し、私は可笑しくなり笑った。

「本当にバカな男よ」

「え？」

「コイツが金本たちの奴隷となり、学校中からイジメに遭っていたでしょ？ 学校裏サイト作ったの、私だっていうのに」

「お嬢さま」

増井が、やれやれという顔で、苦笑した。

「だって、私、嫌いなんだもん。偽善者のヒーロー面する奴。それに、人間どこまで耐えられるか試してみたいじゃない？ 実験用マウスのようなものだったのよ。まぁ、いい暇潰しにはなったわ」

「実験用マウスですか」

増井が再び苦笑した。

「で？ そっちのあの若い刑事、どうしたの？」

「ご指示どおりに殺しました。今回の件と併せて、上手く処理します」

「そう、ありがとう。いるのよね。いくら金積んでも、世の中分かっていない正義漢くんってのが」

「若造でしたから」

「ま、私には関係ないわ。真田がどうしてこうなったかも、その若造がどうして死んだかも。私には無関係なことよ。そうでしょ？」

「はい。おっしゃるとおりです」

　増井が、深く私へ頭を下げた。私はバッグの中から茶封筒を取り出し、増井の前に差し出した。

「真田のおかげで、手を汚さずにデートクラブの秘密も守れたわ。今回の分の報酬。ご苦労様。五百万入ってるわ」

「いつもすみません」

　増井はますます深々と頭を下げて、茶封筒を受け取った。

「いいわよ、別に。父のお金だし。いくらなくなってても気づきもしないくらいあるんだから」

「羨ましい限りですよ」

　そう言いながら、増井は茶封筒をヨレヨレのスーツの内ポケットにしまい込んだ。

「でも、お嬢さん、一つ疑問なんですが」

「なに？」

「その、悠音という人格のほうまでもが、どうしてお嬢さんの言いなりになったんですか？　真田悠哉本人ならばまだしも、悠音という人格は、真田悠哉とはまったく違うのでしょう？」

「根本的には同じなのよ」

「と言いますと？」

「真田悠哉は、私を愛していた。私のためならば、このように命を捨てられちゃうくらいにね。でも、悠音という人物も、結局は真田悠哉の一部でしかない。だから、私は悠音を誘惑し、私に溺れさせた。真田悠哉は消極的だったけど、悠音はその逆で積極的だった。その分、行動力も備わっていた。だから、ある種の洗脳をし、上手いこと殺人までのレールを敷いてあげた。案の定、悠音はそのレールの上を走り、殺人を犯し続けてくれた」

「でも、そうなると……」

増井が、困惑した顔をした。

「悠音が殺人を犯せるなら、真田悠哉も人を殺せるってことですか？」

訳が分からないという顔で、増井が言った。

「簡単に言えばそういうこと。ただ、真田悠哉のほうは、理性が働いていた。でも、殺人者になる資質は持っていた。だからこそ、分身とも言える悠音が殺人を犯せた。ただ、それだけのことよ。あとの面倒くさい細々したことなんか、私には関係ないわ。私はただ、自分の計画が成功したならそれでいいの。それ以外は、どうだっていいわ」

ずっと見ていても、真田悠哉は動かぬただの肉になっていた。

「まぁ、今回は本当にお世話になりました。ありがとね」

私は、真田の死体に投げキスをしてあげた。私に投げキスをもらえるのだから、真田も死んで本望だろう。

「あ～！　お腹すいた！　増井、なんか食べに連れてって」

「はい。いつもの料亭でよろしいですか？」

「う～ん、フレンチがいいわ。レアの肉をガッツリ食べたい気分♪」

「かしこまりました。すぐ手配を」

「早くしてね」

ようやく十月に入ったばかりなのに、夜中の学校は寒々としていた。私はもう一度だけ振り返り、真田の死体を見つめた。

「バイバイ。優秀なマウスくん」

真田の死体にウィンクをし、私は増井とともに学校をあとにした。

生きろっ‼

本書は二〇一〇年七月、弊社より発行された単行本『死神ブログ』を文庫化したものです。

この物語はフィクションであり、実在する事件・個人・組織等とは一切関係がありません。

文芸社文庫

死神ブログ

二〇一六年十二月十五日　初版第一刷発行

著　者　窪依凛
発行者　瓜谷綱延
発行所　株式会社　文芸社
〒一六〇-〇〇二二
東京都新宿区新宿一-一〇-一
電話　〇三-五三六九-三〇六〇（代表）
〇三-五三六九-二二九九（販売）
印刷所　図書印刷株式会社
装幀者　三村淳

ISBN978-4-286-18145-5

［文芸社文庫　既刊本］

火の姫　茶々と信長
秋山香乃

兄・織田信長の命をうけ、浅井長政に嫁いだ於市は於茶々、於初、於江をもうけるが、やがて信長に滅ぼされる。於茶々たち親娘の命運は――？

火の姫　茶々と秀吉
秋山香乃

本能寺の変後、信長の家臣の羽柴秀吉が後継者となり、天下人となった。於市の死後、ひとり残された於茶々は、秀吉の側室に。後の淀殿であった。

火の姫　茶々と家康
秋山香乃

太閤死して、ひとり巨魁・徳川家康と対決する於茶々。母として女として政治家として、豊臣家を守り、火焔の大坂城で奮迅の戦いをつらぬく！

それからの三国志　上　烈風の巻
内田重久

稀代の軍師・孔明が五丈原で没したあと、三国志は新たなステージへ突入する。三国統一までのその後のヒーローたちを描いた感動の歴史大河！

それからの三国志　下　陽炎の巻
内田重久

孔明の遺志を継ぐ蜀の姜維と、魏を掌握する司馬一族の死闘の結末は？　覇権を握り三国を統一するのは誰なのか⁉　ファン必読の三国志完結編！

［文芸社文庫　既刊本］

［文芸社文庫　既刊本］

蒼龍の星㊤　若き清盛
篠　綾子

三代と名づけられた平忠盛の子、後の清盛の出生の秘密と親子三代にわたる愛憎劇。やがて「北天の王」となる清盛の波瀾の十代を描く本格歴史浪漫。

蒼龍の星㊥　清盛の野望
篠　綾子

権謀術数渦巻く貴族社会で、平清盛は権力者への道を。鳥羽院をついで即位した後白河は崇徳上皇と対立。清盛は後白河側につき武士の第一人者に。

蒼龍の星㊦　覇王清盛
篠　綾子

平氏新王朝樹立を夢見た清盛だったが後白河との仲が決裂、東国では源頼朝が挙兵する。まったく新しい清盛像を描いた「蒼龍の星」三部作、完結。

全力で、1ミリ進もう。
中谷彰宏

「勇気がわいてくる70のコトバ」――過去から積み上げた「今」を生きるより、未来から逆算した「今」を生きよう。みるみる活力がでる中谷式発想術。

贅沢なキスをしよう。
中谷彰宏

「快感で生まれ変われる」具体例。節約型のエッチではなく、幸福な人と、エッチしよう。心を開くだけで、感じるような、ヒントが満載の必携書。